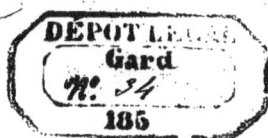
ADAM STEVARN

I0634260

SYNÉDISE

DRAME LÉGENDAIRE EN 5 ACTES

Avec Prélude, Intermède et Epilogue

(TIRÉ D'UN CONTE DE PERRAULT)

NIMES

IMPRIMERIE ROGER ET LAPORTE

Place Saint-Paul, 5

1872

SYNÉDISE

DRAME LÉGENDAIRE EN CINQ ACTES

ADAM STEVARN

SYNÉDISE

DRAME LÉGENDAIRE EN 5 ACTES

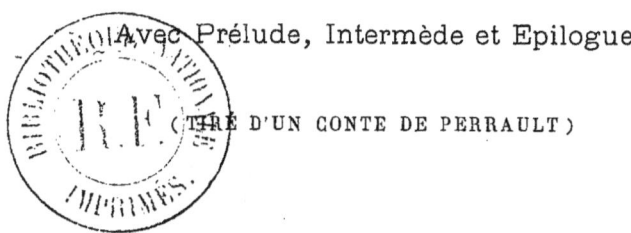

Avec Prélude, Intermède et Epilogue

(TIRÉ D'UN CONTE DE PERRAULT)

NIMES

IMPRIMERIE ROGER ET LAPORTE

Place Saint-Paul, 5.

1871

DÉDICACE

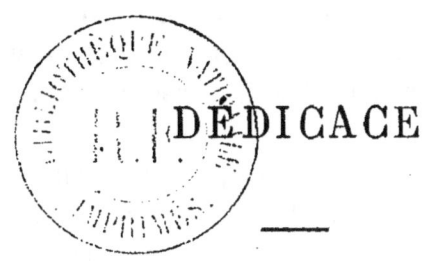

A MADAME ANGÉLIQUE MÉRIOL

—

Madame,

Dieu sait que j'ignore complètement la valeur litté-
raire de ce drame, en tête duquel j'ose écrire votre
nom radieux. Mais, bonne, médiocre, ou mauvaise,
cette œuvre donne toute la mesure de ce que je puis
faire, et je sens que je n'irai jamais au delà. Ainsi, tout
imparfait, tout informe qu'est mon dernier ouvrage,
je souhaite qu'il ait l'honneur d'être mis à vos pieds,
Madame, et qu'il vous appartienne, à vous, noble reine
de l'idéal ; à vous, dont la pensée sereine plane dans
des régions élevées, que ne peuvent troubler les dis-
cordances de ce monde ; à vous, dont la main trois

fois bénie a daigné nous ouvrir un coin de terre, où
vous êtes la fée adorée de tous bien plus encore que
la souveraine ; où nous nous reposons par instants de
notre route pierreuse, en attendant d'y planter notre
tente agitée ; à vous, dont les regards consolateurs
versent l'apaisement dans les cœurs qui souffrent ; à
vous, enfin, que Dieu nous a fait trouver pour nous
sauver d'un découragement sans espoir.

Heureux, bienheureux le pays qui vous a vu naître !
Bienheureux le sol que touchent vos pieds, et où votre
vie coule comme un beau fleuve, réfléchissant le ciel,
répandant largement l'abondance, faisant la joie et
l'orgueil de ses bords. Vous êtes née, sans doute, à
l'heure la plus prospère de la série des âges. Tout se
plaît à vous rendre hommage, la nature aussi bien que
les hommes. Le temps passe devant vous, comme devant sa reine, et n'oserait toucher à une fleur de votre
couronne féminine.

Lorsque, appuyée au bras de l'homme de génie qui
vous a donné son cœur et son nom, illustre entre
tous, suivie de vos enfants, qui se serrent avec amour
auprès de vous, entourée de vos sœurs, de vos frères,
les compagnons, les émules de vos bonnes actions,
de vos saintes pensées, vous paraissez, portant avec
simplicité votre triple auréole de beauté, de bonté,
d'intelligence ; lorsque vous passez dans le pays qui
vous doit et son bonheur présent et sa confiance en
l'avenir, votre âme pieuse renvoie à Dieu toutes les
bénédictions qui vous saluent ; vous le remerciez de
vos prospérités, tandis que chacun le remercie de votre
présence.

Moi, je suis étranger, presque inconnu au lieu où vous êtes ; mais je sais que vous accueillerez d'un bienveillant sourire cette preuve de ma reconnaissance. Vous serez indulgente pour une œuvre qui a quelquefois distrait deux pauvres âmes des exigences de leur sort. Vous serez compatissante pour le poète qui rêve, n'osant espérer. Vous lui pardonnerez d'avoir autrefois esquissé votre image d'une main malhabile, d'en avoir offusqué l'éclat si pur sous des couleurs vulgaires. Alors, je vous avais à peine entrevue; mes yeux, aveuglés d'ombres, ne s'étaient pas encore tournés vers la douce clarté qui nous est venue de vous.

Dieu, qui nous a montré cette clarté, ne permettra pas qu'elle nous soit reprise. L'obscurité maintenant serait, pour nous, pire qu'elle n'était jadis, et nous deviendrait mortelle. Vous qu'il aime et qu'il protége, vous qui glorifiez si noblement son nom, priez-le pour nous, Madame, et gardez à l'étranger et à son âme une place, fut-elle la dernière, dans la patrie fortunée, où leurs rêves se changeront en certitude.

Daignez me permettre, Madame, de reparler, en finissant, du culte respectueux que vous ont voué pour toujours mes songes et mes veilles.

Adam STEVARN.

28 avril 1863.

Ce drame fut fait dans les premiers mois de 1863. Une partie du Prélude et l'Intermède y ont été ajoutés en mai 1871.

ADAM STEVARN.

PERSONNAGES

PRÉLUDE : L'Araignée.

CREIPHYSIO.
UNE JEUNE LIBELLULE mâle.
UNE JEUNE LIBELLULE son amoureuse.
UN MOUCHERON POTIER.
UN TERMITE.
UN SCARABÉE DE GUERRE.
UNE CANTHARIDE.
L'ESPRIT MAGNÉTIQUE.

UN TAON ASILE.
UN PHALÈNE.
UN PAPILLON BLANC.
LA GRANDE ISIS.
L'OCÉAN.
LE SYLPHE UTAÏ.
CHŒUR des MOUCHES.
CHŒUR des INVISIBLES.

COMÉDIE

LE ROI JAËLD.
LA REINE DOLOR, sa femme.
IRBELLA, reine des fées Saturniennes.
SIX AUTRES FÉES, ses compagnes.
PETIT-POUCET, son messager.
LA FÉE DE LA TERRE, Creiphysio.
UN CRIEUR PUBLIC.
SYNÈDISE, fille de Jaëld et de Dolor.
UNE VIEILLE FILEUSE.
UN MAITRE CHARBONNIER.

PIERRE.
PAUL. } Compagnons charbonniers.
JEAN.
LE PRINCE JUANER.
GOVACER, son ami.
LE SYLPHE UTAÏ.
LE ROI VIERCEP, père de Juaner.
UN MÉDECIN DE COUR, personnage muet.

Tout le personnel d'une Cour, Hommes et Femmes.
Paysans et Paysannes. Soldats du Prince Juaner.

INTERMÈDE : Lanterne Magique.

LE SYLPHE UTAÏ.

PETIT-POUCET.

SUNTÉRIE, voyageur.

LATÉVA.

LE VAMPIRE.

LA ROSE BLANCHE.

EPILOGUE : Voiture à vendre.

Mʳ PETIT-POUCET, courrier du Roi et de la Reine.

LE SYLPHE UTAÏ.

PIERRE. ⎱ Sergents de la garde de
PAUL.   ⎰ Juaner.

LE MAITRE CHARBONNIER.

JEAN, son ouvrier.

UN MÉTAPHYSICIEN.

UN HOMME NOIR.

UN HOMME GRAVE.

UN SAVANT en *err*.

UN ÉTRANGER et son compagnon.

La scène se passe :

Pour le PRÉLUDE, dans la tour d'Enédra ;

Pour la COMÉDIE, dans le royaume du Rêve ;

Pour l'INTERMÈDE, sur les confins de ce royaume :

Pour l'EPILOGUE, sur la grande place de Céalta.

SYNÉDISE

PRÉLUDE

—

L'ARAIGNÉE

Intérieur d'une tour circulaire, dont les parois sont entièrement nues et noires. — Quatre ouvertures ovales, dont deux sont au fond et une de chaque côté, laissent voir la mer. — Ni chassis, ni volets. — Point de porte. — Aucun objet dans la tour, si ce n'est, au milieu, un bloc de pierre grise sur lequel est assise CREIPHYSIO.

—

CREIPHYSIO *seule.*

Le jour s'en va, la nuit prend ses habits de veuve ;
Tant mieux : la nuit est bonne, et j'en ai fait l'épreuve.
C'est surtout quand la nuit a brouillé l'horizon,
Que mon filet s'emplit de mouches à foison.
Ces mouches de malheur, que je mets à la gêne,
Ne ressemblent pas mal au coq de Diogène :

Ce sont, comme on le dit, animaux à deux pieds
Sans plumes ; il m'est doux de les voir par milliers
S'empêtrer gentiment dans mes lacs ; je m'assure
Qu'elles ont du plaisir à sentir ma piqûre.
Venez, chers moucherons, nul ne vous troublera,
De tout ce qui vous pèse on vous délivrera.
Chacun de vous a bien quelque rien qui lui pèse,
Son âme, par exemple. Ici l'on est à l'aise,
Et sur ma fine toile on n'a qu'à se poser ;
Mortel, ange ou démon, ne saurait la briser.
Plus son tissu vieillit et plus il est solide.
Mouches, livrez-vous donc à son branle rapide,
Et saluez gaîment le ciel qui se fait noir ;
Venez, vous entendrez bientôt le chant du soir.

CHŒUR DES MOUCHES, *en dehors de la scène.*

En avant mouches légères,
Suivons le vent de la nuit.
Volons, faibles passagères,
Où son souffle nous conduit.
Vive le mystère et l'ombre !
Devoir, tu n'es plus mon roi,
Point de gêne en la nuit sombre !
Dieu pour tous, chacun pour soi.

Avez-vous vu l'araignée
Déployant ses bras velus ?
Passons, je l'ai dédaignée ;
A son dard je ne crois plus.
Si nos petits corps sont frêles,
Le vent des nuits est bien doux,
Et l'on sait jouer des ailes,
Chacun pour soi Dieu pour tous.

CREIPHYSIO.

Le défilé va commencer. Examinons ceci. Je vois accou-

rir deux sveltes libellules, aux ailes reluisantes d'or et d'onix.
C'était grand dommage qu'elles ne fussent pas encore à moi.

*(Elle se blottit dans un coin du théâtre. Le
couple des libellules amoureuses entre.)*

LA VIERGE LIBELLULE.

Où donc m'emmenez-vous, mon bel ami ? Le soir s'est
voilé de noires ombres. J'ai peur dans ce pays inconnu. Je
me repens de vous avoir suivi si loin de ma mère. O mon
Dieu ! n'ai-je pas vu dans ce trou une vilaine araignée qui
nous regarde ? Je suis perdue !

LE LIBELLULE MALE.

Quel enfantillage ! avançons aile à aile dans le paradis de
la nuit. Cette araignée, je la connais. Elle ne touche de
ses aiguilles que ceux qui le veulent bien ; et encore, le
fait-elle si à propos que sa piqûre est délicieuse. Osez donc
rouvrir les yeux, ma bien-aimée. L'araignée, de près, est
beaucoup moins laide que ne le disaient nos pères ; même
à le bien prendre, elle est vraiment jolie. Les vieux n'en mé-
disent que parce qu'elle nous préfère, nous autres jeunes.
Allons toujours plus avant, où le bonheur nous sourit ; ne
sens-tu pas mes ailes frémir d'amour ?

LA LIBELLULE.

Et ne vois-tu pas l'amour écrit dans mes yeux ? Ne le
sens-tu pas, qui agite et soulève mon cœur ? Je t'abandonne ma vie, ô mon jeune ami. Je ne te quitte plus.
Que rien n'arrête notre vol enchanté ! Emporte-moi, si tu
veux, jusque sous les serres de l'araignée. Avec toi, je bra-
verai sa blessure. Plutôt la mort avec toi, qu'une longue
existense vide d'amour.

La valse des libellules.

LE LIBELLULE.

Partons, enfonçons-nous dans l'ombre qui s'avance,
Vois—tu l'étoile d'or qui s'éveille en silence.
Elle a mis dans tes yeux
Une étincelle,
Ma belle. .
Entends le chant joyeux
Qui nous appelle
Tous deux.

LA LIBELLULE.

Je danse autour des fleurs que le soir fait éclore.
Je marie à ta voix mon vol timide encore.
Sous notre aile d'azur
L'onde limpide
Se ride.
Ton souffle frémit sur
Ma robe humide
D'or pur.

LE LIBELLULE.

Ton corselet mignon tout brillant de rosée,
Est une urne d'amour où ma lèvre est posée.
Dansons ! à chaque tour
La brise agite
Plus vite
Les roseaux d'alentour ;
Et l'air palpite
D'amour.

LA LIBELLULE.

Est-ce la volupté, qui, sur ces flots errante,
Vient froisser de mon sein la gaze transparente ?

Baisers mêlés de pleurs,
Rêves de flamme
D'une âme,
Sous vos molles langueurs
Le cœur se pâme ;
Je meurs !

LE LIBELLULE.

Non, le ciel fit pour nous, ô Sylphide adorée,
Ta vie et mon amour d'éternelle durée.
Mais ton aigrette encor
Sur ma poitrine
S'incline,
Et, faible en son essor,
Ton aile fine
S'endort.

LA LIBELLULE.

Que mon amant est beau, quand vers moi d'un feu sombre
Ses yeux demi-fermés, luisent ainsi dans l'ombre !
Ah ! sous un vent d'hiver,
Amour, jeunesse,
Caresse,
Tout cela fuit dans l'air
D'une vitesse
D'éclair.

ENSEMBLE

La nuit vient, cachons-nous dans l'ombre qui s'avance.
Voilà l'étoile d'or qui nous guide en silence.

Ils passent ; *Creiphysio paraît et dit en
les regardant* :

Vous dansiez, j'en suis fort aise ;
Eh bien, tremblez maintenant !

Vous êtes miens. — On ne dira pas que je me sois misé en frais d'expédients, pour les attirer. S'ils viennent, c'est de leur propre mouvement, et mon travail se fait tout seul. En voici un autre, je reconnais en lui un membre de la tribu bruissante et piquante des moucherons. Celui-ci est potier de son état, je me doute de ce qu'il cherche.

(*Elle fait-mine de sortir, tandis que le moucheron entre.*)

LE MOUCHERON potier.

Holà! holà! un moment, madame l'araignée! Ne vous cachez pas sitôt. J'ai affaire à vous.

CREIPHYSIO, à *part*.

Je savais bien. (*Haut*) A moi?

LE POTIER.

A vous même! oh! je suis courageux.... de loin! venez jusqu'au bout de votre toile, moi je me garderai d'y entrer, et je vous dirai d'ici ce que j'attends de vous.

CREIPHYSIO.

Parlez, monsieur le potier, car vous êtes potier?

LE POTIER.

Ah! ça se connaît tout de suite! oui, je suis potier, et ce que je demande est bien simple. Il ne s'agit pas de me faire avoir de l'or et de l'or, quoique la fortune m'irait tout aussi bien qu'à tel richard de ma connaissance. Je désire seulement que vous cassiez tous les vases passés, présents et futurs d'un certain potier, mon camarade, que je vous désignerai.

CREIPHYSIO.

Pourquoi cela?

LE POTIER.

Hé! parce que je ne serais pas fâché que ce potier mourût de faim.

CREIPHYSIO.

Mais encore, pourquoi cela ?

LE POTIER.

Il paraît qu'il faut tout vous dire. Eh ! bien, c'est parce-qu'on le croit fort habile et que, lui mort, je gagnerais de quoi mieux entretenir ma femme et mes six enfants.

CREIPHYSIO.

Voilà une bonne raison, et vous êtes un sage père e famille.

LE POTIER.

Ah ! madame, si vous saviez quelle peine il faut se donner pour vivre honnêtement, vous en pleureriez ; notre métier ne vaut plus rien. Figurez-vous que s'il m'arrive, après boire, de fabriquer un pot tant so't peu défectueux, ou bien si, par une fantaisie de créateur, il me plaît de lui donner un tour ou deux de travers, voilà mon pot qui se fâche, qui murmure, qui ose me reprocher son infériorité, comme s'il appartenait au pot de dire au potier : Pourquoi m'as-tu fait ainsi ? N'est-ce pas là, convenez-en, une révolte impie, une prétention inconcevable ?

CREIPHYSIO.

Faites-la cesser, en ne faisant plus vos pots de travers, si vous le pouvez. Quant à votre collègue en poterie, je lui ferai selon votre demande. Venez par ici ; nous arrangerons l'affaire.

LE POTIER

Pas si bête ! c'est que...., si je mets une fois le pied sur votre filet..... Diantre !

CREIPHYSIO.

Ne voyez-vous pas que vous y êtes déjà ?

LE POTIER.

Tieus, c'est vrai ! qui diable se serait douté que la chose fût si facile ! ma foi, je suis là comme le poisson dans l'eau. Que me parlait-on de danger de mort ?

CREIPHYSIO.

Des imbéciles ou des jaloux.

LE POTIER.

Oh ! je ne suis pas une cruche, moi, bien que j'en fabrique, et toute araignée que vous êtes, vous n'êtes pas non plus une buse, madame ; vous pouvez m'en croire. Pour ce qui est de toi, monsieur mon confrère, ta plie est faite. Va, va, je promets de t'accompagner jusqu'à la porte du cimetière.

CREIPHYSIO,

Et de payer au moins le *De Profundis*, n'est-ce pas ?

LE POTIER.

Pour ceci, je promets que non. — Tenez, je fais une réflexion sur notre traité. J'ai eu l'honneur de vous dire que je ne suis pas un méchant homme. Or, si vous, ou le diable, c'est peut-être tout un, vous faisiez de mon susdit concurrent, un crocheteur ou un balayeur des rues, ou bien, si vous l'emportiez dans le grand désert de l'Afrique, au milieu des anthropophages, cela me suffirait parfaitement, je n'exigerais pas qu'on le fît mourir. Ecoutez donc ; on a tout de même une âme à sauver ; l'essentiel, c'est qu'il ne fasse de sa vie, pot ni cuvette.

CREIPHYSIO.

Il y a dans ce potier l'étoffe d'un philosophe et d'un homme heureux. J'aurai soin de lui, car les âmes naïves, comme la sienne, sont encore des moins mauvaises, et deviennent rares. — Suis-moi, mon mignon. — J'aperçois venir un

Scarabée de guerre, et un Termite qui a conservé ses ailes. Celui-ci est petit, nu, sans défense; l'autre est gros et tout encuirassé. Leur entretien peut n'être pas sans importance pour moi, Je veux être attentive.

(*Creiphysio et le Potier sortent. Le Scarabée de guerre et le Termite entrent*).

LE SCARABÉE de guerre, *à part*.

Où diable me mène cette fourmi manquée, ce vermisseau des bois? (*Haut*) Eh! dites donc, le Termite, où allons-nous de ce train-là? Ceci ne me fait pas du tout l'effet d'une buvette et moi j'ai une soif d'enragé. (*A part*) Je pense, Dieu me damne, qu'il est sourd. Voyez-le, l'animal, immobile, penché à cette fenêtre, et regardant descendre la nuit. (*Haut*) Ohé! Termite, la brume te fera mal aux yeux! Ohé! je te dis que la nuit s'avance.

LE TERMITE.

C'est ce que je voulais; je travaille mieux dans l'ombre. Cesse de bourdonner comme un imbécile. Approche-toi, regarde, que vois-tu?

LE SCARABÉE.

Ce que je vois? Eh! parbleu, je vois la mer qui danse une mazourka échevelée, et le ciel qui se barbouille de gris.

LE TERMITE.

Ne vois-tu rien de plus? Regarde encore, là-bas, par delà la mer.

LE SCARABÉE.

Attends. — Si fait; je distingue des rivages, bien loin, avec un port et une ville très grande, et tout autour, une plaine verte, où sont des fermes blanches, et des châteaux. Tout ça brille joliment aux dernières clartés du jour.

LE TERMITE.

Et après la plaine, sur la montagne du fond, qu'y a-t-il?

LE SCARABÉE.

Il y a une autre grande ville, toute plantée de clochers et de dômes. Fichtre! quel bon pays ce doit être là !

LE TERMITE.

Sans doute, car derrière la montagne, sont d'autres plaines, d'autres villes, tout un riche monde, enfin.

LE SCARABÉE.

C'est probable, mais où veux-tu en venir? Qu'avons-nous à faire de ce monde-là, mon pauvre?

LE TERMITE.

Rien pour le présent; mais qui sait? — Dis-moi, toi qui es du métier, que faudrait-il pour changer le monde que nous voyons?

LE SCARABÉE.

Pour le changer?

LE TERMITE.

Oui, pour le bouleverser un peu.

LE SCARABÉE.

Oh! oh! le bouleverser! A quelle fin?

LE TERMITE.

Tu le sauras : Réponds.

LE SCARABÉE.

Eh! mais, il ne faudrait qu'une bonne grosse armée, formée de bons gros soldats, comme moi, par exemple.

LE TERMITE.

Est-ce tout ?

LE SCARABÉE.

Et avec cela, de bonnes grosses armes, et de bons gros canons.

LE TERMITE.

Est-ce tout ?

LE SCARABÉE.

Et avec cela, un bon petit matois de général, qui fît bien habiller et bien nourrir le soldat. N'oublions pas çà ; c'est l'essentiel ?

LE TERMITE.

Est-ce tout ?

LE SCARABÉE.

Et avec tout cela, on peut être flambé proprement, et obligé de s'en retourner plus vite qu'on n'est venu.

LE TERMITE.

Ne sais-tu rien de mieux pour secouer le monde, soldat ?

LE SCARABÉE.

Je trouve que ce n'est déjà pas si mal comme cela. On a vu de grands pays ravagés à moins de frais.

LE TERMITE.

Oui, ravagés comme un arbre, à qui l'on coupe une branche. Il en repousse bientôt trois. Soudart, mon ami, tu n'y entends rien.

LE SCARABÉE.

Pour lors, qui donc, selon votre seigneurie Termitière, serait capable de venir à bout de ces puissantes sociétés de gens ? vous me feriez plaisir de me le dire, monsieur le cadet de la Fourmi.

LE TERMITE.

Qui en sera capable ? — Moi,

LE SCARABÉE *riant aux éclats.*

Toi, mon brave pou! Toi, dont le corps est mou comme
de la crème! Toi, qui n'as pas quatre lignes de long! Toi,
qui n'as pas même des armes pour te défendre! — Je crois
qu'il est toqué, le diable m'emporte!

LE TERMITE.

As-tu fini? Eh bien! oui; moi, petit, moi rampant,
moi, sans vêtements; moi, sans armes; je veux, au jour
que j'aurai fixé, faire trembler comme la feuille, et
s'abîmer sous terre, ces villes insolentes, avec leurs palais,
leurs clochers, leurs monuments, leurs greniers d'abondance,
d'où je suis exclu, et ces campagnes chargées de fruits et de
moissons, qui ne mûrissent pas pour moi; et ces châteaux
et ces fermes, et ces citadelles et tous leurs canons, et leurs
maîtres orgueilleux qui ont trop longtemps marché sur ma
tête. Tu verras cela, aussi certainement que voilà une araignée qui nous écoute.

LE SCARABÉE, *se retournant :*

Diantre! une araignée! je ne l'avais pas vue; mais c'est
qu'elle est très grosse, l'araignée. Je n'aime pas que les
étrangers m'écoutent de si près, moi. Allons causer plus
loin.

(Il va de l'autre côté du théâtre, le Termite le suit.)

LE TERMITE.

Tu étais brave autrefois. Aurais-tu peur, maintenant?

LE SCARABÉE.

Marche! marche! Pourquoi aurions-nous peur de celle-ci?
Elle a tout à fait bon air. Achève entre temps de me con-
ter ton affaire; ça devient amusant. Comment t'y prendrais-
tu, avorton d'insecte, pour mettre sans dessus dessous tant
de grandes nations si bien enracinées dans le sol?

LE TERMITE.

Ne le comprends-tu pas, bon garçon ?

LE SCARABÉE.

Ma foi, non !

LE TERMITE.

Ce gros scarabée ! — C'est pourtant aisé.

LE SCARABÉE.

Ah bah !

LE TERMITE.

Très aisé : Il n'y a qu'à miner la terre sous ces pays-là, patiemment, soigneusement, profondément. Quand la croûte sur laquelle tout cela repose sera rongée jusqu'à la surface, patatras ! tout cela s'effondrera et croulera dans le gouffre. Hein ? comprends-tu à présent ?

LE SCARABÉE.

Mais ventrebleu ! Pour un travail de mine comme celui dont tu me parles, il faudrait une éternité, et tu ne dures qu'une saison.

LE TERMITE.

Je dure peu ; mais nous sommes beaucoup. Pour chacun de nous, la mort n'est rien, le but est tout. Déjà la mine est ouverte ; elle avance grain à grain, minute par minute.

LE SCARABÉE.

Mais vous serez pulvérisés, étouffés sous les décombres.

LE TERMITE.

Tant pis pour les morts. Ceux qui survivront se feront un passage à travers les ruines et resteront les maîtres de tout.

LE SCARABÉE.

Et tu crois que lorsque vous serez maîtres, les choses iront mieux ?

LE TERMITE.

Elles iront mieux pour nous.

LE SCARABÉE.

Et pour les scarabées donc ? Tu peux compter que si on ne me fait pas une belle part, je saurai me la faire à vos dépens.

LE TERMITE.

Ecoute bien : vous serez nos amis ; c'est-à-dire, ceux d'entre vous seulement qui nous auront aidés.

LE SCARABÉE.

Oh ! qu'à cela ne tienne ! Je vous aiderai, quoiqu'à vrai dire, le travail des souterrains ne soit pas ma partie. Mais c'est égal ; je veux vous aider ; oui, je veux vous aider. — Ah ! c'est ce diable de général Discipline, qui me gêne dans mes mouvements.

LE TERMITE.

N'est-ce que cela ? destituez-le.

LE SCARABÉE.

Au fait !...

LE TERMITE.

Ne serais-tu pas bien aise de sortir d'esclavage ?

LE SCARABÉE.

Je t'en réponds : et je ne demanderais au bon Dieu...

LE TERMITE.

Tiens ! le bon Dieu à présent !

LE SCARABÉE.

Ne faites pas attention ; c'est une manière de parler. Je demanderais donc tout bonnement, d'avoir à discrétion pour mes repas, du vin de Bourgogne à 10 fr. la bouteille, D'être propriétaire d'un bel hôtel à Paris, et d'un bon château en Tourraine, avec cent mille francs de rente, de me promener la canne à la main tout le long du jour, et en fin finale, de voir tomber une soignée dégelée de coups de verge sur les épaules de mon capitaine et de mon caporal.

LE TERMITE.

C'est juste. Il faut avant tout régler ses comptes. — Ainsi voilà qui est dit : Nous vous enrôlons, toi et tes camarades, dans notre armée. Avec vous autres, nous aurons immanquab'ement le droit pour nous, parce que vous êtes la force. Quoi donc ! Qu'est-ce ? tu n'es pas décidé ?

LE SCARABÉE.

C'est que... c'est que je me ressouviens à cette heure, que dernièrement, au village, mon vieux, — un malin vigneron, celui-là, — me disait comme ça qu'à la ville vous ne faisiez pas de la belle ouvrage et que ça ne durerait pas.

LE TERMITE.

Et qu'est-ce que ça nous flanque à nous ! Y a-t-il quelque chose qui dure en ce monde, excepté le mal ? Ça durera tant que ça pourra. Pourvu que ça dure autant que moi, il ne m'en faut pas davantage. Vois-tu bien, je respecte ton vieux, parce que c'est ton vieux ; mais fourre-toi dans la boule que les vieilles gens de village n'en savent pas plus que leurs ânes. Destituez-moi ça au plus vite.

LE SCARABÉE.

Holà ! Pas mon vieux, nonobstant.

LE TERMITE.

Eh ! qui diable te parle de ton vieux ! Fais comme nous. Dans notre société, il n'y a ni fils, ni filles ; rien que des frères. Voilà le progrès. Crois-tu donc qu'il nous reste encore des préjugés ? Pas un seul.

LE SCARABÉE.

Y a pas à dire, c'est crânement raisonné. T'as la parole mieux ficelée qu'un avocat ; mais dis-moi, pour voir, qu'appelles-tu des préjugés ? tire-moi ça au clair.

LE TERMITE.

Les préjugés, c'est tout ce qui nous gêne, comme par exemple ton général Discipline.

LE SCARABÉE.

Ah ! je suis bien aise de savoir que mon général Discipline est un préjugé ; mais à ce compte, la pauvreté et le travail sont deux fameux préjugés, car ils gênent diantrement les gens.

LE TERMITE.

Nous changerons cela aussi.

LE SCARABÉE.

Voilà qui me chausse ! Porte-moi vite sur le contrôle de vos associés ; — un dernier mot et j'emboîte le pas. Toutes ces belles idées ont-elles poussé dans votre cervelle comme des champignons ?

LE TERMITE.

Non pas ; des journalistes se sont dévoués à les propager parmi nous.

LE SCARABÉE.

Des journalistes ! ça n'est pas des Scarabées, ni des Termites, pas même des fourmis. Dis donc, si tes journalistes se trompaient, s'ils vous trompaient ?

LE TERMITE.

Nous y mettrons bon ordre,

LE SCARABÉE.

Quant à moi je ne me déclarerai pas satisfait, à moins d'un vrai paradis sur terre, quoi !

LE TERMITE.

Le paradis sur terre, oui c'est cela ; c'est ce que je rêve, c'est ce que je cherche. Il nous le faut, pour nous refaire de cet enfer dans lequel nous cuisons à petit feu ; de cet enfer dont tous nos efforts peut-être, ne nous tireront pas. Oh ! malheur à qui nous tromperait.

LE SCARABÉE.

Bah ! je te prédis que nous nous y laisserons prendre vingt fois de suite. Avec leurs grands mots, ils nous entortillent toujours comme dans une toile d'araignée. Viens t'en vider bouteille. Ça, c'est du positif et du consolant. J'ai le gosier comme de l'amadou.

LE TERMITE.

Souviens-toi de ce que je te dis ici, Scarabée ; malheur à qui me tromperait.

(Ils sortent.)

CREIPHYSIO, *paraissant.*

Oui, malheur ! malheur à tout peuple qui se décompose en deux races ennemies, toujours prêtes à se combattre. Abaissement et servitude, voilà son seul avenir. — Oh ! la belle Cantharide qui vient ! Son corselet brille de la douce couleur des Emeraudes, son front pur et pensif, ses grands yeux calmes indiquent la sérénité de son âme. Elle marche du pas de la méditation, sans regarder devant elle, comme sûre de sa route. Je ne me souviens pas de l'avoir jamais entrevue. Peut-être passera-t-elle par mon trou, sans s'y arrêter. Il se peut faire qu'une âme sur cent millions, se sauve à travers les mailles de ma trame. J'ai vu de ces miracles.

LA CANTHARIDE.

Ce soir nébuleux, au lieu de m'attrister par ses velléités d'orage, me sourit et me charme. Le temps humide me fait toujours du bien aux nerfs. D'ailleurs, il n'est rien tel qu'un bel orage pour dissiper l'ennui. Les jours sereins, avec leur soleil languissant, me donnent la mélancolie. — Je voudrais avancer sur ce rivage, de manière à me trouver au cœur de la tempête, à n'entendre d'autre bruit que les voix plaintives des flots et du vent.

CREIPHYSIO, *à part*.

Ce petit monologue ne m'apprend rien, si ce n'est que madame a ses nerfs. (*Haut*) Est-ce par mégarde ou de parti pris, madame, que vous venez dans ce pays? On n'avait pas encore eu l'honneur de vous y voir.

LA CANTHARIDE.

Je vous avoue, madame, que votre aspect m'étonne tant soit peu. Je n'imaginais pas qu'il y eût au monde des choses ..... non , des créatures......

CREIPHYSIO.

Si laides, ne vous gênez pas. Je fais quelquefois cet effet-là de loin ; mais de près cela change.

LA CANTHARIDE.

Je ne désire pas vous approcher de plus près. Vous ne m'inspirez aucune sympathie.

CREIPHYSIO.

Oh ! lá brave mouche que vous faites! Savez-vous bien qu'à défaut du cœur, que je n'ai pas, ma curiosité s'intéresse vivement à vous. J'ai cru jusqu'à ce jour que toutes les cantharides étaient louches, ou à demi folles, et je vous vois cheminer droit et ferme,

LA CANTHARIDE.

Hé ! madame, je ne me crôis ni meilleure, ni mieux douée que beaucoup de mes pareilles. Chacune de nous garde au cerveau sa félure. Pour notre pauvre espèce, les malheurs s'enchevêtrent si bien avec les fautes, qu'il est souvent très difficile de discerner ce qui est faute de ce qui n'est que malheur.

CREIPHYSIO, *à part*.

La jolie dame aime à pérorer. Au demeurant, ce n'est là qu'un mince défaut. (*Haut*). Empêcher les fautes, n'est pas mon affaire ; mais je sais consoler de bien des malheurs. N'allez pas me croire indiscrète, si je vous demande quelques détails sur vous, madame. Je m'occupe à noter tout ce qui me semble original.

LA CANTHARIDE.

Votre demande me fait trop d'honneur. A tout hasard je vous répondrai, n'ayant rien à cacher.

CREIPHYSIO, *à part*.

Décidément serait-elle une anomalie?

LA CANTHARIDE.

Si vous tenez à le savoir, j'ai quarante ans.

CREIPHYSIO,

Autant que cela?

LA CANTHARIDE.

Quarante ans et quarante jours, tout autant.

CREIPHYSIO.

Je vous supposais âgée de vingt-cinq ans au plus.

LA CANTHARIDE.

Vos flatteries me font rire. A vingt-cinq ans, j'étais depuis longtemps mariée à un jeune officier de marine, avec qui nous nous aimions dès ma dix-huitième année.

CREIPHYSIO.

Cet amour mutuel a-t-il, en se retirant, laissé à sa place le bonheur.

LA CANTHARIDE..

Vous nous jugez d'après les autres, et vous avez tort. Notre amour dure encore, et il durera toute la vie. Il est fondé sur l'estime et cimenté par l'habitude.

CREIPHYSIO.

C'est me dire que vous êtes heureux l'un par l'autre.

LA CANTHARIDE.

Je ne vous dirai pas le contraire, bien qu'il y ait une ombre sur mon bonheur.

CREIPHYSIO.

Des enfants, peut-être ?

LA CANTHARIDE.

Votre plaisanterie part d'un naturel peu sensible. Mes enfants font toute ma consolation.

CREIPHYSIO, à part.

De quoi puis-je la consoler ? (Haut) Votre mari tout en vous préférant aux autres femmes, convoiterait-il la femme ou la servante du prochain?

LA CANTHARIDE.

Fi, madame ! ne voyez-vous pas que nous avons l'un et l'autre gardé la fidélité conjugale ? Il n'a aimé et n'aimera que moi. Mes volontés sont sa loi suprême, et si je voulais le souffrir, il mettrait sa joie à me servir à genoux.

CREIPHYSIO.

Laissez-le faire. Je suis presque femme, et vous devez me croire. Les hommes seront toujours plus grands que nous à moins que nous ne les retenions à nos pieds.

LA CANTHARIDE.

Merci de vos bons conseils, madame. Je ne veux être ni plus grande, ni plus petite que mon mari. Je veux tenir ma place et je la tiens.

CREIPHYSIO.

Et moi, je veux être franche avec vous. Il me semble que vous méritez d'être heureuse entre toutes les femmes. Vous dites que vous ne l'êtes pas. D'où vient? Cette soi-disant Providence n'en fait jamais d'autres.

LA CANTHARIDE.

Ah! madame. Il y a six ans, dans un duel avec un fat qui m'avait insultée, mon mari a été blessé à la poitrine. Cette blessure se rouvre chaque fois que le pauvre homme éprouve une forte émotion. Si votre art pouvait le guérir, je vous donnerais en paiement tout ce que vous demanderiez, sauf mon âme, bien entendu.

CREIPHYSIO.

Pourquoi cette exception ?

LA CANTHARIDE,

Vous n'avez que faire de mon âme. C'est d'ailleurs une chose dont on ne doit pas se montrer prodigue. Elle peut nous être un jour fort utile.

CREIPHYSIO.

Je ne fais pas de la médecine, et je le regrette pour vous. (*A part*) Cette femme a plus de prudence que de sensibilité. Sa pensée, cependant, aime la ligne droite. Je veux la soumettre à une épreuve décisive.

LA CANTHARIDE.

Adieu! permettez que je me retire, et que j'aille retrouver mon mari.

CREIPHYSIO.

Il peut se vanter celui-là d'avoir tiré un beau quaterne à à la loterie du mariage. Adieu (*A part*) Et va-t-en au diable.

(La Cantharide se dirige tranquillement vers le fond.)

CREIPHYSIO, *au milieu du théâtre.*

Sors du cœur de la terre, puissant Esprit magnétique. Entends-tu les coups de mon pied souverain? Viens, allonge la noire membrane de tes ailes entre moi et celle qui s'éloigne.

L'ESPRIT MAGNÉTIQUE *apparaissant et développant ses ailes.*

Te voilà servie. Le vent de mon aile a réduit cette créature à son état naturel, l'état de machine. L'âme dont elle se glorifiait n'est plus qu'une corde qui traîne. Tu peux la ramasser et la manœuvrer de façon à lui faire, si cela t'amuse, assassiner son mari et ses enfants.

> Et j'ai deux mots encore à dire :
> Ton bétail humain me fait rire,
> Bien que je sois fort peu rieur.
> Chacun d'eux croit dans sa cervelle
> Loger une âme personnelle,
> Une âme à lui seul l Quelle erreur !

(Il disparaît.)

La Cantharide est restée debout, sans mouvement, appuyée au mur. Creiphysio s'approche d'elle, la contemple et dit :

Bloc inerte, corps qui ne vis plus, et qui n'es pas mort, caillou qui ne rendras des étincelles qu'au choc de ma volonté ! Si je veux te laisser là jusqu'à la fin des temps, pour la honte de ton auteur, il ne te ranimera pas. La mort même ne pourrait te réveiller. Ici la pourriture devancerait la mort ; mais je ne veux aujourd'hui que sonder les profondeurs de ta pensée. Peut-être me l'as-tu montrée toute entière, et ne trouverai-je rien au fond. Je t'adjure de me répondre. M'entends-tu ?

(La Cantharide endormie fait un signe d'assentiment).

CREIPHYSIO.

Malgré tes airs sages, tu n'es pas là sans haïr quelqu'un. La haine se fourre partout. Quelle est la personne que tu hais le plus ?

LA CANTHARIDE, *endormie.*

C'est mon mari. — Hélas ! cette pensée est enfouie si bas dans mon cœur, que Dieu même aurait peine à l'y découvrir.

CREIPHYSIO.

Dieu, peut-être, mais non pas moi. Pourquoi haïr ton mari ?

LA CANTHARIDE, *endormie.*

Il m'est devenu insupportable.

CREIPHYSIO.

Dis-mois comment.

LA CANTHARIDE, *endormie.*

Par ses adorations et ses obéissances sans fin.

CREIPHYSIO.

Ne serais-tu pas d'avis de t'en débarrasser ?

LA CANTHARIDE, *endormie.*

Mais le divorce est interdit. Puis encore, j'aurais regret à le chagriner.

CREIPHYSIO.

Tu n'as qu'à ne pas t'en mêler ; mon contact le fera périr le plus doucement du monde.

LA CANTHARIDE, *endormie.*

Horreur ! Horreur !

CREIPHYSIO.

Alors, que faire ?

LA CANTHARIDE, *endormie.*

Rien ; cacher mon ennui, et prendre patience.

CREIPHYSIO.

Si enfin, sans l'aide de personne, il mourait des suites de sa blessure ?

LA CANTHARIDE, *endormie.*

C'est différent. Dans ce cas, comme je me sens jeune encore, j'épouserais....... (*Elle se tait.*)

CREIPHYSIO.

Qui donc ?

LA CANTHARIDE, *endormie.*

Jeannot Louchard.

CREIPHYSIO.

Qui est Jeannot Louchard ?

LA CANTHARIDE, *endormie.*

C'est mon cocher.

CREIPHYSIO.

Bon cela ! — Es-tu d'accord avec lui ?

LA CANTHARIDE, *endormie.*

Non, certes ! mais je l'aime.

CREIPHYSIO.

Pourquoi l'aimes-tu ?

LA CANTHARIDE, *endormie.*

Ce n'est pas sans raison. Je l'aime, parce qu'il est haut en couleur, et blond, tandis que mon mari est brun et pâle.

CREIPHYSIO.

Oui, cela te changerait. Mais ce n'est pas la seule raison. Dis-moi la bonne.

LA CANTHARIDE, *endormie.*

Eh bien ! c'est qu'une de mes femmes de chambre est folle d'amour pour lui, et qu'à tout propos, il soufflète cette fille très-sévèrement.

CREIPHYSIO.

Ah ! voilà parler enfin ! Toi, naturellement, tu ne serais pas fâchée qu'il te souffletât de préférence ?

LA CANTHARIDE, *endormie.*

Pourquoi non, s'il jugeait que je le mérite plus qu'elle, ou si cela lui plaisait. Je me soumettrais à ses fantaisies sans murmurer. L'homme n'est-il pas le maître absolu de la femme ?

CREIPHYSIO.

Cela est sans conteste, tout autant que la femme le veut bien. Je suis ravie de voir ta fierté à nu, et je lui donnerai matière à s'exercer. Tu seras heureuse, sans qu'il t'en coûte la mort de ton mari.

LA CANTHARIDE, *endormie.*

Ah ! vraiment, je ne demande pas mieux.

CREIPHYSIO.

Avant huit jours, Jeannot Louchard fera de toi ce qu'il voudra, car il sera ton amant et ton maitre.

LA CANTHARIDE, *endormie.*

Oh ! que je suis aise ! — Personne ne le saura, n'est-ce pas ?

CREIPHYSIO.

Personne, si ce n'est moi. (*A part*) Et tous les honorables collègues du cocher Jeannot. (*Haut*) Réveillez-vous, beau sépulcre blanchi. Faites place à d'autres.

LA CANTHARIDE, *s'éveillant.*

Voilà qui est étonnant. Il me semble m'être endormie là, moi qui ne dors qu'à ma volonté. Allons nous-en bien vite ; il est temps de revoir celui que j'aime.

CREIPHYSIO.

Qui donc ça ? votre cocher ?

LA CANTHARIDE.

Il faut convenir que vos façons de badiner sont bien méchantes et grossières. Je les dédaigne comme je le dois ; mon mari m'appelle, j'y cours.

(*Elle sort.*)

CREIPHYSIO *seule.*

Entre nous deux, les rôles sont changés présentement. Je sais qu'elle me trouve belle ; et moi, combien je la vois laide ! Bah ! des femmes comme elle, il y en a peut-être plus d'une à la douzaine. — Quel est ce bruit ? Qui donc, là bas, traverse au hasard les ténèbres, en bourdonnant des imprécations et des colères ? Eh ! mais, c'est le *taon* royal, le plus gros et le plus fort des insectes volants, celui pour qui les grands troupeaux de bœufs paissent dans les pâturages. D'où vient qu'il erre lourdement, se heurtant à tous les murs et aux rochers? Ah! ah! Il est devenu tout-à-fait aveugle. Cela devait finir ainsi.

LE GRAND TAON, *couronne royale en tête.*

Où aller ? Par où voler, pour ne pas sortir de mes royaumes ? Pourquoi la nuit pèse-t-elle obstinément sur mes yeux? Je cherche en vain mon chemin ; je tâtonne, et sans cesse, autour de moi, j'entends le fracas des flots révoltés qui menacent de m'ensevelir. Ne trouverai-je point une route, pour me dérober à cet orage éternel ? A moi, mes fidèles ! guidez votre maître dans cette obscurité. Ensemble, nous saurons reconquérir les vertes prairies, et la paisible lumière. O Dieu ! protecteur immortel des rois, m'aurais-tu oublié ? Sans moi, que deviendrait la terre? Quoi! Toujours l'ombre! toujours la tempête ?

CREIPHYSIO.

Ecoute, malheureux roi.

LE TAON.

Cette voix, en d'autres temps, a frappé mes oreilles ?

CREIPHYSIO.

Veux-tu revoir le soleil et tes dociles troupeaux ?

LE TAON.

A tout prix. C'est mon unique vœu.

CREIPHYSIO.

Alors, ce que tu as sur la tête, jette-le à la mer.

LE TAON.

Ma couronne?

CREIPHYSIO.

Ta couronne. Ne sens-tu pas qu'elle t'écrase, et t'entraînera dans l'abîme ?

LE TAON.

J'y tomberai avec elle. Mon front a été fait à la mesure de cette couronne. Mon cœur n'est pas celui d'un lâche,

CREIPHYSIO.

Le mot est un peu vieux, mais toujours charmant. Ce pauvre roi ! Il ne vaudrait ni plus ni moins qu'une autre mouche, s'il y voyait clair. — J'avais encore un projet pour te tirer d'embarras, c'était de t'offrir une honnête profession, qui te ferait vivre heureux et tranquille. Mais tel insecte, qui a fait passablement le métier de roi, serait peut-être incapable d'exercer un métier ordinaire. D'ailleurs tu n'en voudrais pas. Tout ce que je puis pour toi, Sire, c'est de faire durer les choses comme elles sont ; c'est-à-dire, de perpétuer à la fois, pendant ta vie, l'orage et ton aveuglement. Qu'en dis-tu ?

LE TAON.

Je consens à tout, plutôt que de céder aux flots insolents.

CREIPHYSIO.

Tu n'es pas difficile. Va m'attendre sur ce rocher.

(Le Taon sort.)

En vérité, c'est pain bénit que de happer ces misérables insectes. Il n'en est pas un, que je ne pique au défaut de la cuirasse. Il faut qu'il y ait chez eux un vice de conformation. — Tudieu ! Quel sombre personnage est-ce là ? Un Phalène ? Je vais, bel et bien, vous prendre au filet ce philosophe nocturne, comme un simple hanneton.

LE PHALÈNE.

Cela pourra bien arriver, car, de fait, je me lasse de lutter contre le destin, et contre moi-même. Sois certaine, pourtant, que si je voulais, tu en serais pour ta peine, et tes frais de chasse.

CREIPHYSIO.

Penses-tu me dire là quelque chose de bien neuf et de bien hardi ? Je veux croire qu'il dépende en effet de toi de m'échapper, je n'en sais rien, mais je sais que tu ne le voudras pas plus que les autres ; cela me suffit. La seule différence entre toi et tes semblables, c'est que la plupart de ceux-ci viennent bonnement à moi désarmés et confiants. Toi, qu'un mauvais génie a muni d'une fourrure défensive, tu vas, pour ma plus grande gloire, incliner tes antennes à mes pieds, et t'humilier devant moi.

LE PHALÈNE.

Vous n'êtes, par ma foi, qu'une araignée vulgaire, qui ne savez pas le premier mot de votre métier.

CREIPHYSIO.

Vous trouvez ?

LE PHALÈNE.

J'ai pitié de vos jactances, et dès à présent, je vous défie.

CREIPHYSIO.

Si tu crois que, pour t'asservir, j'aurai recours à la traditionnelle cuillérée de miel, tu te trompes. Je prétends te réduire de haute lutte.

LE PHALÈNE.

Et moi, je veux te mépriser, même en tombant sous ton pouvoir.

CREIPHYSIO.

Je te permets cette consolation.

LE PHALÈNE.

Que te revient-il de tout le mal que tu fais ? Les araignées, tes filles ne saisissent du moins leur proie que pour vivre. Toi, es-tu formée aussi de notre sang et de la substance de nos âmes. Ou bien, serais-tu la sévérité de Dieu, attentive à pousser au gouffre tout ce qui n'a pu se conserver pour le ciel ? Non ! tu n'es pas de Dieu. J'ai horreur de le supposer et de le dire. Mais alors, quelle chose es-tu ? Comment es-tu dans le monde ?

CREIPHYSIO.

J'y suis ; je suis ! et cela même est-il bien sûr ? Du reste
que je sois une cause ou un effet, une réalité ou une appa-
rence, que nous importe ? Tout ce que vous appelez une âme
ne vient pas moins se brûler les ailes à la flamme de mon
foyer, et tu n'y aurais déjà pas manqué, si tes ailes te res-
taient encore.

LE PHALÈNE

Que je te hais ! que je te vois hideuse !

CREIPHYSIO.

Trêve de douceurs ! allons-nous recommencer l'histoire du
Chaperon rouge? Vas-tu t'étonner de mes grands yeux, de
mes grandes dents, et de mes grands bras ? Ton destin est
de me voir hideuse, ainsi que tu le dis si poliment, et de te
ranger pour toujours sous ma loi.

LE PHALÈNE.

Quand viendra-t-il enfin, le temps promis, où l'homme,
rendu sage par ses longs malheurs, t'aura chassée des trois
quarts de la terre !

CREIPHYSIO.

Je sais ce que tu veux dire : le Progrès ! parlons-en ! Votre
espèce fait sonner haut les mots de progrès matériel et mo-
ral ; n'as-tu donc pas déjà vu, profond philosophe, à quoi cela
se réduit ? Je vais te le dire, et mettre mon explication à ta
portée. Selon vous, ici bas, deux choses vous ont été données :
la matière et l'esprit. Or, est-il admissible que l'une ou l'autre de ces choses change jamais de nature, et devienne ce
qu'elle n'était pas ? Il n'est pouvoir au monde capable d'opé-
rer de ces prodiges. Chaque siècle modifie, selon sa fantaisie ou ses besoins, soit l'esprit, soit la matière. La surface
varie ; mais le fond reste et restera toujours le même. Il

vous convient d'appeler cela le Progrès. Ainsi soit-il. Je m'en arrange fort bien.

LE PHALÈNE.

Veux-tu bien te taire, voix de l'enfer ! Veux-tu bien ne plus obséder mes oreilles ! Pourquoi me réclamer impérieusement un lourd tribu de douleurs ? Je ne sais quelle malédiction me pousse vers la pierre où tu t'assieds, vers cette pierre, clef de voûte du monde. Est-il un secours que je puisse espérer ? Ah ! qu'il est dur à entendre, ce mot de secours !

O fléau de la vie ! oh ! combien ici-bas,
Toute chose irait mieux, si tu n'existais pas.
Certes, celui qui fit ce monde dérisoire,
Ne croyait pas si bien travailler à la gloire !
Hélas ! En éponge de fiel
S'est changé le rayon de miel !

CREIPHYSIO.

Tu as fort bien dit. Votre monde est une œuvre manquée, ou plutôt une œuvre inachevée, et qui ne s'achèvera jamais. Tu raisonnes très-finement sur les choses, mais es-tu de force à démolir un fait ? Ne sais-tu pas que j'étais indispensable ?

Gloire à moi ! J'ai vaincu celui qui m'a formé.
Je moissonne des champs où je n'ai pas semé.

Un papillon blanc traverse le fond, sans entrer dans la tour, et dit :

Viens, ô mon frère noir ! Brise les nœuds qui t'enlacent. N'essaie pas de te mesurer avec le monstre. Tes efforts te coûteraient la vie. Viens ! la belle liberté nous ouvre les champs de l'air. Viens toucher le bout de mon aile blanche, et suis-moi là-haut.

LE PHALÈNE.

Ah ! ma sœur !

Un nuage s'élève, qui dérobe le papillon blanc et le Phalène.
Creiphysio restée seule sur l'avant-scène, dit :

L'avenir a beau tendre son voile entre eux et moi. L'un des deux me reviendra bien. — Mais la nuit s'avance, et la foule grossit. — Créatures éphémères, plus vaines qu'un soupir de la brise, plus changeantes que l'ombre, accourez, accourez toutes, des quatre bouts de l'horizon. Je ne crains plus de vous faire entendre mon chant révélateur.

Je suis la fée éternelle,
La fée ardente du mal.
Mon règne est long ; je m'appelle
Creiphysio, nom fatal.
De la foule séparée.
Par la mer démesurée,
J'habite seule un désert,
Noir, désolé, sans issue,
Au pied d'une roche aiguë,
Qui pend sur le flot amer.

Sur cette vivante pierre,
Centre de l'humain séjour,
Je m'assieds dans ce repaire,
Où n'entre jamais le jour.
Pour trouver qui me ressemble,
En vain tu mettrais ensemble
Ce qu'on voit d'êtres divers,
Soit dans les plis des nuages,
Soit le long des gais rivages,
Soit sous le voile des mers.

Je n'ai point d'ailes : qu'importe ?
Mon œil embrasse les cieux.
Mon esprit est fait de sorte
Qu'il voit plus loin que mes yeux.

Par les trous de ma muraille,
J'entends tout ce qui travaille
Chez l'homme, avorton de Dieu,
Et toute chose passée
Laisse au fond de ma pensée
Comme une empreinte de feu.

Quand ma poitrine profonde
Pousse son souffle de mort,
La sève de ce vieux monde
Ecume, fermente et sort.
Comme une araignée énorme,
Je cours, muette et difforme,
Sur mes filets bien tendus ;
Et les cœurs nombreux que touche
Ou mon regard, ou ma bouche,
Restent à jamais perdus.

J'envoie à ceux que j'effleure
L'aveugle nuit et la peur ;
Et j'accroche à leur demeure
Un pavillon de malheur.
L'odeur du sang que l'on tire,
Voilà qui peut me sourire ;
Le mal, voilà mes amours,
Mais le mal que je sais faire,
Le crime que je préfère,
Sont sans remède toujours.

LE PHALÈNE, *derrière le théâtre*.

Tu fais fort bien de te chanter à toi-même une chanson triomphale. Dépêche-toi de jouir de ta victoire. Je crains que, dans peu de temps, tous les acteurs de ton drame infernal n'aient disparu sans retour, et que tu ne sois réduite à mourir de faim. Ecoute seulement, si tu n'es pas tout à-fait sourde, ce qui se fait entendre dans le silence du soir.

CREIPHYSIO, *seule*.

Que me veut encore cet insecte orgueilleux? Que m'a-t-il annoncé? J'ai beau dresser l'oreille Je n'entends autour de moi que le remue-ménage des flots qui piaffent sous la brise. — Mais qu'est-ce donc? A travers le glapissement de l'eau, je distingue... Ah! Ah! voici pour le monde quelque chose de plus effroyable que les termites. Voici des consommateurs pour qui tout est bon, chair de Termite ou de Libellule, de Cantharide ou de Phalène. Me trompè-je? non; de la mer, de la terre, de la moëlle des arbres, de la tige des plantes, des semences enfouies, des roches même, il sort un sinistre grincement pareil au bruit de la pluie sur le feuillage, ou à celui d'une lime qui mordrait éternellement sur du marbre. Je vois ce que l'œil de l'homme ne saurait voir. Je vois s'agiter l'intarissable armée des Invisibles. Je vois les familles des atomes destructeurs monter par myriades à l'assaut de la planète. Mais je ne tiens pas pour ennemis, ceux qui apportent à la terre la misère et ses suites. Ce sont mes alliés. Je savais qu'ils allaient venir. A eux la parole.

LES INVISIBLES.

PREMIER DEMI-CHŒUR.

Eveillons-nous; sortons des profondes entrailles de la terre.

DEUXIÈME DEMI-CHŒUR.

Que nos tourbillons encombrent les plaines immenses de l'air.

PREMIER DEMI-CHŒUR.

· Hôlà! vous autres d'en haut, entendez-vous?

DEUXIÈME DEMI-CHŒUR.

Nous entendons.

PREMIER DEMI-CHŒUR.

Êtes-vous prêts?

DEUXIÈME DEMI-CHŒUR.

Nous sommes prêts.

PREMIER DEMI-CHŒUR.

A l'œuvre donc !

DEUXIÈME DEMI-CHŒUR.

A l'œuvre !

PREMIER DEMI CHŒUR.

Nous fendons le sol ; nous perçons les rocs ; nous avançons vers la lumière.

DEUXIÈME DEMI-CHŒUR.

Nous descendons vers vous ; car nous aussi, nous voulons manger ; nous voulons vivre.

PREMIER DEMI-CHŒUR.

Collons-nous par légions aux racines, aux fibres, à l'écorces des végétaux, Partageons-nous le travail et la proie.

DEUXIÈME DEMI-CHŒUR.

L'homme et les animaux sont à nous. Abattons-nous sur le pitoyable roi de la nature.

PREMIER DEMI-CHŒUR.

Aux uns la vigne et sa sève délicieuse ; aux autres, le sombre feuillage du mûrier, et si sa ramée nous manque, attaquons hardiment, piquons à mort ses chenilles soyeuses.

DEUXIÈME DEMI-CHŒUR.

Enfonçons-nous, comme les aiguilles de l'ortie, dans la chair de l'homme, dans ses veines, au fond de ses organes vitaux. Gorgeons-nous de son sang et de sa substance.

PREMIER DEMI-CHŒUR.

A ceux-ci les solanées, fécondes nourrices du pauvre. A ceux-là, les roses royales, gloire du printemps, et le stérile et amer laurier.

DEUXIÈME DEMI-CHŒUR.

Déchirons l'homme tout vivant; et que cet être superbe meure sous la piqûre d'un atome. Notre chef de file a nom Choléra.

PREMIER DEMI-CHŒUR.

A nous, à nous les vergers et les prairies, les forêts et les frais paturages, les vertes montagnes et les vallons. Qui nous arrêtera, qui combattra contre nous? Quelle force du ciel et de la terre peut s'opposer à la nôtre?

DEUXIÈME DEMI-CHŒUR.

Homme, fils de Dieu, tu as exterminé la baleine et dompté l'éléphant; tu as rivé les dents du lion, arraché la carapace du crocodile, et retourné la peau de ta planète. Mais tu trembles devant nous; tu as reconnu tes vainqueurs et tes maîtres.

PREMIER DEMI-CHŒUR.

Pour mille mangeurs écrasés, en voici des milliards et des milliards qui arrivent; et toujours, dans l'urne de la nature se déverse le flot de notre épouvantable fécondité.

DEUXIÈME DEMI-CHŒUR.

Depuis que la robe de feu d'une comète nous secoua dans cette athmosphère à jamais viciée, la science, éperdue, cherche, se confond; nous, cependant, nous pullulons en essaims inexorables.

PREMIER DEMI-CHŒUR.

Courage, enfants de la comète! que vos crocs se distendent; que vos serres s'allongent; que vos queues dardent leur aiguillon. Que, sans relâche, nos frères de la mer pavent d'écueils, hérissent de roches aiguës tous les bassins de l'océan.

DEUXIÈME DEMI-CHŒUR.

Courage, enfants des ténèbres! Il vous a fallu des siècles

pour émerger de vos abîmes. Maintenant la guerre est commencée; il faut qu'elle dure jusqu'à ce que ce monde ne soit qu'un désert.

PREMIER DEMI-CHŒUR.

Race de l'homme, c'est toi qui renouvelles et cultives nos champs; tu seras dévorée la dernière.

DEUXIÈME DEMI-CHŒUR.

Race de l'homme, nous t'effacerons si bien de la terre, que ton auteur lui-même n'y trouvera de toi que tes os

CREIPHYSIO, *seule.*

Ils vont bien, les petits. Ils me font vraiment plaisir. On peut compter qu'ils s'acquitteront en conscience de leur mission. Mais cette mission, qui la leur a donnée ? Ah ! Ah ! Ah ! Diras-tu encore que ta création est bonne, toi qu'on appelle l'intelligence infinie, et qu'on devrait nommer bien plutôt l'infinie incohérence? Chaque espèce d'êtres vivants semble faite pour jouir de la nature au détriment des autres espèces. Aussi chacune déborde-t-elle sur les autres. Si partout tu opères ainsi, je t'en fais mon compliment. Vous, mes terribles atomes, n'ayez souci que de ronger et tuer ; vous vous entre-dévorerez, lorsque vous aurez tout vaincu ; c'est l'usage.

UNE VOIX DE FEMME *en dehors.*

Isis, la grande Isis, la reine qu'on ignore,
Chante comme Memnon, au lever de l'aurore;
   Et quand le jour s'enfuit,
Elle chante, et son chant se fait ouïr encore
   Dans l'ombre de la nuit.

Enfants de l'homme, ô vous que le vertige entraîne,
Écoutez ce que dit la chanson souveraine
   De l'immuable Isis,
Et que l'écho des mers, des monts et de la plaine,
   Le redise à vos fils.

De ce monde, la vie est la fleur immortelle.
L'immortelle pensée, enlacée avec elle,
    Mystérieux rameau,
Grandit, pour soutenir la querelle éternelle
    De l'être et du tombeau.

Tant que le roi du jour me verra, sur sa trace,
Bercer au vent du ciel ma ronde dans l'espace ;
    Tant que d'un vol certain,
Vers les astres d'Hercule, où notre courbe passe,
    Je suivrai mon destin,

L'esprit de vie aura sur ma robe changeante,
Une place interdite à la mort menaçante ;
    Et de ce piédestal,
Il plongera sans peur sa tête rayonnante,
    Au fond de l'idéal.

Souvent on voit fleurir le vivace dictame
Sur les débris disjoints par le choc de la lame ;
    Et ce qu'en son chemin
Versa l'astre de feu, peut-être un vent de flamme
    L'emportera demain.

Et si le genre humain, comme une herbe brisée,
Meurt, quand viendra l'hiver de la terre épuisée,
    Vous, bien avant l'hiver,
Infusoires de mort, votre poussière usée
    Mourra dans un éclair.

Un plus puissant que moi, mortels, garde en silence,
Le globe maternel qui dans l'air se balance.
    N'allez pas sans retour
Assombrir de terreurs la chétive existence
    Qui vous luit pour un jour.

CREIPHYSIO.

Honnis soient le chant et la chanteuse. Je veux, à l'exemple de mes mouches, ne croire que ce qui me flatte, et rien

n'arrivera que ce que j'aurai voulu croire. — Ne laissons
pas d'avoir l'œil sur mes chalands. Voyez comme ils filent un
joli coton.

> Rasseyons-nous, puisque ma proie
> Court d'elle-même où je l'attends.
> Océan, mon gardien, ma joie,
> Mon bon cheval aux crins flottants,
> O vieil ami, que je vois, dans ta couche
> Te trémousser, là-bas, terne et farouche,
> Pour cette nuit, adieu, rival du ciel !
> Tu te dressas souvent à mon appel,
> Mais, pauvre sot, les tempêtes, tes rages,
> Font le ciel pur, en crevant les nuages ;
> Les miennes ont le pouvoir d'allumer
> Le feu d'enfer ou de le ranimer.
> Adieu ! roule les bruits de ta houle qui beugle ;
> Ceins ta robe des soirs ; penche ta tête aveugle.
> Berce de tes soupirs mon repos jusqu'au jour,
> Et moi, je te promets de doubler, en retour,
> Ta pâture de morts ; je veux te satisfaire.
> Les corps seront pour toi ; l'âme, c'est mon affaire.

L'OCÉAN, *en dehors.*

> Creiphysio ! Creiphysio !
> Dont le sang est de feu, dont le cœur est de pierre,
> Couche-toi dans ta gloire, et que ta voix altière
> Laisse un moment dormir l'écho.
>
> Maigre et chétive, sur le monde,
> Tu pèses lourdement, du fond de cette tour,
> Ainsi que dans son aire un féroce vautour
> Pèse sur sa couvée immonde.
>
> Tu fécondes, tu fais grandir
> Tous les germes de mal, que malgré sa prudence,
> Le grand Ordonnateur, dans sa machine immense,
> A négligé d'anéantir.

4

Grâce à toi, l'humaine misère
Sait enfin que le bien par soi n'existe pas.
Le bien ! il est du mal le pendant ici-bas,
    Et le contrepoids nécessaire.

Faire le bien, c'est, en deux mots,
Corriger, tu l'as dit, la Sainte Providence.
Couche-toi dans ta gloire ! Et vous tous, en cadence,
    Relevez la tête, ô mes flots.

Tombez sur la plage rebelle,
Comme de vieux soldats, qui marchent fronts baissés.
Creiphysio se plaît aux sons que vous poussez.
    C'est elle que je sers ; c'est elle !

En avant ! j'ébranle le sol,
Comme un chanteur émeut sa harpe qui frissonne.
J'élance bien plus haut ma chanson monotone,
    Que l'aigle n'élance son vol.

Car pour toi mon zèle redouble,
Reine Creiphysio ! Car te plaire est ma loi ;
Car toujours je t'aimai ; car j'aime, ainsi que toi,
    Tout ce qui bruit et qui trouble.

Vois-tu courir sur mon manteau
Ces longs frissons de joie ? Adieu ! ta porte noire
Appelle le sommeil. Couche-toi dans ta gloire ,
    Repose-toi, Creiphysio !

CREIPHYSIO.

Laisse les jours s'enfuir, ami, tu verras comme
De ton être je vais tirer au temps venu ,
Quelque chose de neuf, de hardi, d'inconnu ,
    Qui vaudra moins et plus que l'homme.
J'ignore le dormir ; mais la tranquillité,
A qui sait travailler est parfois précieuse ,
Et mon esprit lassé, sur ton onde moëlleuse,
    Se balance avec volupté.

L'OCÉAN, *en dehors.*

Oh ! que ton repos est terrible,
Que ton corps est d'un bon airain !
Puisqu'il te faut, fée invincible,
Pour assoupir ton cœur chagrin
Les bruits de la rafale horrible,
Les abois du gouffre marin.
Mais rien n'interrompt plus le silence nocturne.
La voilà maintenant pensive et taciturne.
Qu'est-ce ? n'entends-je pas un rire jeune et clair,
Qui va, se rapprochant, et voltige dans l'air ?
Parbleu ! je reconnais à cette gaîté folle,
Un sylphe vagabond, qui sur l'eau batifole,
Ou qui se joue avec le voile de la nuit.
Sonnez mes flots, couvrez ce ris moqueur du bruit
De vos mugissements : ces éclats d'allégresse
Troubleraient les loisirs de notre bonne hôtesse ;
— Mais c'est qu'il la regarde ! oh ! le petit démon !
— Insolent, veux-tu bien t'en aller, ou sinon !....

> Le sylphe **UTAI** *se pose sur le rebord d'une*
> *des ouvertures de la tour, et dit, en mêlant*
> *son discours d'éclats de rire :*

La mauvaise sentinelle
Que tu fais, vieil Océan !
Sous ton nez, cette tourelle
Est ouverte à tout venant.
Va, ta grosse voix qui jure,
Ne m'arrête peu ni prou,
Je veux voir quelle figure
Fait, à cette heure, en son trou,
Cet oiseau de rare espèce,
Ce gracieux animal,
Que tu nommes ton hôtesse,
Et que tu gardes si mal.

Madame est là bien assise,
Ne soupçonnant nullement
Une petite surprise
Qui s'apprête en ce moment.
Ah ! que tu sais bien, ma chère,
Prendre le temps pour dormir !
Et puis, du nom de sorcière
Elle viendra se couvrir !
Ronfle donc, ronfle, la belle !
Oh ! j'y vois clair ; tu ne dors
Que d'un œil ; mais ta prunelle
Regarde en vain le dehors.
Tu n'a pas mis ta lunette
Près de ton bec d'épervier,
Et ta vue est aussi nette
Qu'à travers un encrier.
Bonsoir, bonne nuit, et rêve
A tes amours ! C'est plaisir,
De voir, dès qu'un cri s'élève,
Ton œil éraillé s'ouvrir.
Pauvre mine rechignée,
Tu vas t'allonger beaucoup,
Quand ta toile d'araignée
Eclatera par le bout.

(*Il s'envole.*)

CREIPHYSIO, *se levant.*

Ne m'appelait-on pas ? Me voici ? — Tout est sombre.
Ou je me trompe fort, ou quelqu'un dans cette ombre
Osait rire. — Insensé ! Quel es-tu ? Fais-toi voir !
Serait-ce qu'un danger menace mon pouvoir ?

(*Elle se tourne vers les quatre points cardinaux.*)

Je sens, que, loin d'ici, la terre
    Tressaille sourdement.
Je vois un rayon solitaire,
    Eclair de diamant,

Qui, fendant la brume nocturne,
   Vers l'Orient muet,
Tombe du globe de Saturne
   Sur ce monde inquiet.
Ecoutons encore ; il m'arrive,
   Dans les bruits de la mer,
Un son de lyre fugitive,
   Qui passe au loin dans l'air.
Ah ! c'est la voix des blanches fées !
   Viennent-elles, enfin,
Pour me disputer mes trophées,
   Et l'enjeu du destin ?
Sous une secousse terrible,
   Là-bas, j'entends gémir
Les nœuds de ma trame invisible,
   C'est là qu'il faut bondir.
Aplanis, Océan, ma route ; et je t'assure
Que tu ne verras pas finir dans la nature
L'anarchie et le mal, le bon ordre régner.
Non ! Souviens-t'en ! Plutôt que de s'y résigner,
Mieux vaudrait voir, broyant ce globe comme verre,
Tes flots changer encor de place avec la terre !

(Elle s'élance par une ouverture.

SYNÉDISE

DRAME

—

ACTE PREMIER

Grande salle, dont la voûte est supportée par des colonnes d'argent, et dont les murs sont lambrissés de glaces de Venise. — Le fond est ouvert et laisse voir, à perte de vue, des jardins pleins d'ombres, de fleurs, d'eaux jaillissantes, et terminés à l'horizon par des monts escarpés. — Le roi JAELD, avec couronne d'or en tête, et manteau royal, est appuyé sur une colonne, à l'extrémité du théâtre. et regarde vers les jardins. — PETIT-POUCET chaussé de grandes bottes couleur de feu, paraît sur les montagnes qui se dressent derrière les arbres. On le voit glisser avec vélocité de cime en cime.

—

LE ROI.

Viens à moi, messager !

PETIT POUCET, *s'arrêtant sur un pic.*

Qui m'appelle ?

LE ROI.

Viens à moi, je t'en prie.

PETIT POUCET *descend, traverse les jardins, et arrive sur la scène.*

Illustre roi du Rêve, je me rends à ton désir. Que me veux-tu ?

LE ROI.

O fidèle courrier de la plus belle des fées, arrête-toi un instant dans mon palais. J'ai à te charger d'un message pour ta souveraine.

PETIT POUCET.

Tant mieux ! Cela me fournira un prétexte légitime de me reposer un peu. Les bottes de sept lieues fatiguent joliment leur homme. Permets-moi de m'asseoir devant toi, Majesté, afin que je t'écoute plus à l'aise.

LE ROI.

Pour qu'il y ait convenance, je vais, moi aussi, m'asseoir. Voici ce que j'ai à te dire. Tu en sais déjà peut-être une partie. Mais je veux t'en rafraîchir la mémoire.

PETIT POUCET.

Si cela t'arrange, personne n'a rien à dire, et je ne réclamerai pas.

LE ROI.

Oui. Que tout ce qui m'entoure fasse son profit de mes paroles. La reine et moi, nous étions mariés depuis un temps assez ong, et nous n'avions pas d'enfants. Vainement nous avions fatigué de nos vœux toutes les divinités de l'étendue, les Génies qui gouvernent les constellations, les Déesses qui cachent encore sous leur voile blanc les lointaines nébuleuses, les Esprits de feu, qui traînent avec emportement à travers le ciel les comètes par leur chevelure. Vainement nous étions allés en pélerinage planter la tente de la prière au sommet des montagnes silencieuses. Vainement la reine avait rougi ses pieds blancs dans le cristal des fontaines les plus renommées. Les Génies demeuraient sourds ou indifférents. L'air des solitudes, et le parfum sauvage des bois, et les ondes glaciales étaient sans effets.

PETIT POUCET.

Je n'en suis pas étonné. Cette terre est si peu de chose, que, de là-haut, on n'entend pas toujours ce qui s'y fait. A quelle divinité vous êtes-vous alors voués ?

LE ROI.

Hélas ! à la Patience.

PETIT POUCET.

C'est la seule qui ne trompe jamais.

LE ROI.

C'est aussi celle qui nous a exaucés. Ma femme, enfin, m'a rendu père d'une fille, plus belle que la perle des mers, d'une fille, l'espoir de la terre. Je veux qu'elle soit baptisée, non de l'eau des sources terrestres, mais de l'eau vive, qui donne à l'âme le goût de l'infini. Je prie ta maîtresse, la grande fée Irbella, et les six autres fées, ses gracieuses compagnes, qui nouent en écharpe autour de leur cou d'albâtre les brillants anneaux de Saturne, je les prie toutes les sept, d'être les marraines de ma fille, et de venir assister au festin, que, par mes ordres, on leur a préparé.

PETIT POUCET, se levant.

Je suis certain d'être bien-venu d'Irbella, pour cette nouvelle. On sait que, toi et la Reine, seuls entre les rois de ce monde, vous ne lui êtes pas indifférents. Sois assuré que tu vas la voir bientôt.

(*Il disparait rapidement du côté des montagnes par-dessus les jardins.*)

LA REINE DOLOR, *venant de l'intérieur du palais.*

Avec qui parliez-vous, Sire ? Et d'où vient cet éclair, qui m'a paru traverser nos jardins ? Serait-ce point quelque jeune sylphide, qui venait en mon absence, jouer autour de vous.

LE ROI, *à part.*

Ma femme est jalouse à faire trembler. Voyez un peu l'idée ! moi, jouer avec les sylphides. (*Haut*). Non, madame ; ce n'est point du tout ce que vous pensez ; je vous aime trop, pour perdre mon temps avec d'autres belles.

LA REINE.

Voilà qui va fort bien. Votre temps appartient de droit à votre femme. C'est le devoir de tout homme,

Et la garde qui veille aux barrières du.....

LE ROI.

Épargnez-vous le reste ; c'est connu.

LA REINE.

Vous ne m'avez pas dit encore avec qui vous causiez.

LE ROI.

C'est juste. J'attendais pour cela que vous eussiez fini. Celui qui me quitte, c'est le nain messager de notre amie, de la fée Irbella.

LA REINE.

Ah ! et que vous disait-il de cette auguste suzeraine ? Irbella nous envoie-t-elle une faveur ? Va-t-elle faire tomber pour nous, du globe de Saturne, des pluies de bonheur et de trésors ? Viendra-t-elle nous voir ? Parlez, voyons ! je ne puis deviner ce dont il s'agit, et vous êtes là comme une image.

LE ROI.

L'image de l'admiration, ma chère femme. J'admire ces flots d'éloquence, qui coulent sans interruption de vos lèvres, comme une onde intarissable, et je me hâte de vous répondre, pour laisser ensuite un libre cours à vos paroles.

LA REINE.

C'est heureux.

LE ROI.

C'est moi qui, ayant vu le nain messager passer à l'horizon, l'ai appelé pour le prier d'inviter de notre part, au baptême de notre fille, la puissante Irbella, et ses six compagnes, les fées Saturniennes. Il est parti, joyeux de ce message, et je ne doute pas que nous ne voyons bientôt arriver le léger essaim à travers les airs.

LA REINE.

Vous avez agi là en homme prudent et avisé.

LE ROI.

Cela vous étonne ?

LA REINE.

Est-ce que l'on fait de ces questions-là à sa femme ? Je vais sur-le-champ donner des ordres pour faire apprêter à nos sept marraines un banquet somptueux. Vous, songez à leur ménager une agréable suprise.

LE ROI.

Oui, oui ; elles seront contentes ; j'en réponds.

LA REINE.

Ah ! mais,.... quelle est votre étourderie ! Quoi ! vous n'invitez pas la vieille fée Creiphysio ! Vite, qu'on la cherche ! Vous savez qu'elle est fort jalouse, et implacable dans ses rancunes. Il ne fait pas bon l'avoir pour ennemie.

LE ROI.

Bah ! nous pouvons être tranquilles à son endroit. Creiphysio, je le tiens de mon père, s'est enfermée, il y a plus de cinquante ans, dans la noire tour d'Enédra, qui s'élève au milieu des eaux profondes de l'Océan. Ne vous en souvient-il pas ? Sans doute elle y est morte ou enchantée ; car nul œil humain ne l'a revue sur la terre.

LA REINE.

J'ai quelque idée de l'avoir entendu dire à votre père.

C'est qu'il en contait tout le long du jour, le vénérable
sire ! — Oh! bien, si Creiphysio est morte, ce n'est pas malheureux pour cet empire. On disait d'elle des choses !...

LE ROI.

Or çà, madame, allons sans délai ordonner la fête. J'entends dans le ciel de lointaines harmonies. Je vois courir
des sillons de feu, qui annoncent à coup sûr l'arrivée des
Déesses bienveillantes. Hâtons-nous de tout disposer pour les
recevoir dignement.

*Le Roi et la Reine sortent. On entend s'élever derrière
les jardins le chœur des fées Saturniennes.*

Pour obéir à ma Reine chérie,
Je t'ai quittée, ô paisible patrie,
Globe au long cours, diamant de nos cieux,
Saturne, ô toi qui, sur ta blanche forme,
Vois s'arrondir, comme une roue énorme,
Et tournoyer sans fin des cercles radieux.

Autour de toi, luisantes et vermeilles,
Comme un essaim de joueuses abeilles
Se poursuivant sur une fleur du ciel,
Volent en rond huit étoiles, semées
Pour t'enlacer de danses enflammées,
Dont le bruit se marie à ton branle éternel.

Mon aile d'or, qui jamais ne se lasse,
A traversé la zone, où, dans l'espace,
Roule, emporté comme en un tourbillon,
De Jupiter l'astre à la voix tonnante,
Fier de montrer sa masse rayonnante,
Et les mondes vassaux, courant dans son sillon.

Loin du chemin des planètes rapides,
J'ai vu là-bas fuir les Astéroïdes,
Globe en éclats, brisé dans son essor,

Et dont les blocs, fourmillants, dissemblables,
Tournent, pareils aux tronçons misérables
D'un insecte écrasé, mais qui tressaille encor.

Dans mon voyage à travers l'étendue,
Mon vol magique, aussi prompt que ma vue,
A frôlé Mars, qui court, taché de sang;
Mars qui, penchant en arrière sa tête,
Sombre guerrier, porte une blanche aigrette
Sur son pôle incliné, dans l'ombre éblouissant.

J'arrive enfin sur la terre agitée,
Sur la planète, hélas ! déshéritée ;
Je touche un sol tout brûlé par les pleurs,
Sol paresseux, où l'homme a pris naissance,
Et qui, depuis, porte avec abondance
Le crime et les poisons, la ronce et les malheurs.

C'est à regret que pour lui j'abandonne
L'astre natal, où le ciel ne nous donne
Qu'un jour voilé, doux comme le sommeil ;
C'est à regret que je suis descendue
Aux lieux voisins de l'ondoyante nue,
Qui bouillonne et flamboie à l'entour du soleil.

Car de plus près la flamme qui circule,
Hâte la vie et la mort, sèche et brûle
L'âme, le corps, dans l'homme et l'animal,
Lance au hasard, sur tout ce qui l'adore,
Foudre et tempête, et puis, bientôt dévore,
Tout être qui subit son pouvoir infernal.

IRBELLA, *invisible comme les autres fées.*

Silence, ô famille étoilée,
O blanches sœurs !
Silence ! et que la brise ailée
Remporte au plus haut ciel le chant de vos douleurs !

Qu'à ce chant imprudent nul écho de ce monde
Ne s'éveille et réponde !

Nous foulons pour un peu de temps
Ces pauvres plaines.
De leurs malheureux habitants,
N'attristez pas les cœurs en rappelant leurs peines.
Versez, versez sur eux, pour tromper leur chagrin,
L'oubli, l'espoir serein.

Je veux que sous vos pas la terre
Brille de fleurs ;
Que le champ le plus solitaire
Se peuple devant vous d'ombre et d'oiseaux chanteurs ;
Que tout rie à vos yeux, la fontaine mousseuse,
L'herbe voluptueuse.

Filles du lumineux Éther.
Sœurs des Génies,
Vos êtres puissants n'ont souffert
Ni les maux du dehors, misères infinies,
Ni l'ulcère éternel, qui souille de venin
L'âme du genre humain.

Voyez-vous comme l'air s'épure
Aux environs ?
Comme la terrestre nature
De sa verte couronne étale les fleurons ?
Le bleu du ciel sourit à la terre moins grise
Qui boit la douce brise.

C'est qu'il est né dans un coin noir,
Au cœur du monde,
Une enfant qui, j'en ai l'espoir,
Saura vaincre le mal et son génie immonde,
Et remplir d'un bonheur tranquille les longs jours
De ces humbles séjours.

Elle aura beauté, grâce exquise,
Tout comme vous ;
On l'appellera Synédise,
Et son père, ô mes sœurs, veut se donner à nous.
Tout suit ici sa loi, plaine, montagne, grève.
Il est le roi du Rêve.

Parmi les atomes divins
Dont le ciel brille,
Dieu prit les plus purs, les plus fins,
Qui formèrent une âme à cette jeune fille.
Pour la reine à venir de ce monde mortel,
Chantez, reines du ciel !

Préservez-la des yeux profanes,
Des mauvais sorts ;
Et que vos ailes diaphanes
De l'idéal sur elle épandent les trésors.
— Entends, naissant espoir d'une famille élue,
Le chant qui te salue !

LE CHŒUR.

O chère enfant, l'amour du ciel,
Et le chef-d'œuvre de la terre,
Puisse le Maître, l'Eternel,
T'adoucir la loi de misère !
Puissent les ombres de la mort,
Ne pas s'étendre comme un voile
Entre tes yeux, fermés encor,
Et le rayon de notre étoile !
Puissent, loin de toi, les bruits sourds
Sortis des entrailles du monde,
S'envoler, afin que toujours,
D'en haut notre voix te réponde !
Puisse surtout Creiphysio,
Dont le souffle engourdit sa proie,

Qui de Typhon tient le fléau,
Ne jamais traverser ta voie !
Funeste, hélas ! est son pouvoir
Sur ta race, ô fleur de la terre !
Les fleurs tombent, rien qu'à la voir ;
L'âme se flétrit, ou s'altère.

IRBELLA.

Cachez vos ailes d'or à tous les yeux humains.
Posons un pied léger dans la vallée ombreuse.
Le palais est ouvert. Voici les souverains
Du pays, amenant une suite joyeuse.
Ils viennent saluer notre venue heureuse.

*Irbella venant du jardin, paraît sur la
scène avec les six autres fées. On voit
sortir de l'intérieur du palais, le Roi et
la Reine; escortés d'une cour brillante et
nombreuse; marche musicale. Le Roi et
la Reine vont s'agenouiller devant Irbella,
Toute la cour s'incline. Irbella, d'un
signe, fait relever le Roi et la Reine.*

LE ROI.

O fée amie ! Beauté suprême et toujours jeune ! Gardien-
ne de ce royaume ignoré, toi qui nous consoles des maux
que tu ne peux guérir, sois aujourd'hui témoin de notre
bonheur ! Que notre joie s'augmente par ta présence et par
celle de tes radieuses sœurs ! Vous daignez prendre soin de
la destinée de ma fille unique. Je vous la confie pour toujours.
Qu'elle grandisse sous votre protection. Pénétrez son âme de
votre esprit céleste. Rendez toujours plus léger le lien qui la
rattache à la terre. Donnez un avant-goût du ciel, à celle qui
déjà vous appartient.

LA REINE.

Voici pour nos bienfaitrices un présent, fort modeste sans
doute. Que pourrait-on offrir, qui fut digne des reines de

l'air ? Mais vous ne mépriserez pas l'humble tribut de notre amitié, de notre reconnaissance.

Sept jeunes négresses, richement vêtues, s'avancent, chacune portant sur la tête un plateau d'argent, dans lequel est un fuseau d'or, incrusté de brillants et de pierreries étincelantes. Elles vont plier le genou devant les fées. Chaque fée prend un fuseau d'or. Les négresses se retirent.

IRBELLA, *souriant.*

Il est un proverbe de votre monde, qui dit que les petits cadeaux entretiennent l'amitié. Je ne te cacherai pas, aimable Reine, que, mes sœurs et moi, nous sommes très sensibles à un don si magnifique. On a beau être du ciel ; on n'en est pas moins un peu femme. Je puis t'assurer que vous n'aurez pas placé à fonds perdu. Dieu s'est plu à infuser dans l'âme de votre fille l'essence de la bonté. Lui seul pouvait le faire. Pour nous, à la bonté de Synédise, nous ferons une si éclatante couronne, que les anges l'adoreront.

LE ROI.

Allons nous asseoir à la table de fête, et que nos vins généreux, le plus noble produit de la terre, fassent couler dans nos cœurs la bienveillance et la gaîté.

(*On entend un long tonnerre souterrain*).

LA REINE.

Dieu du Ciel! quel est ce bruit horrible ! La terre tremble. Je meurs de peur.

IRBELLA.

Ah ! malheur ! malheur! C'est l'ennemie qui vient ! O pauvres humains ! faut-il donc qu'elle soit de toutes vos fêtes !

LE CHŒUR DES FÉES.

Je vois se flétrir le feuillage,
La plaine jaunir et sécher.
Un vent de feu court sur la plage,
Et comme des joncs, fait pencher
Les grands bananiers du rivage !
O trombe ! ô vent empoisonné !
Puissance effroyable, inhumaine !
Qui donc, tant de fois te déchaîne
Contre ce monde infortuné ?

> *La terre se fend. On voit apparaître au milieu du théâtre* Creiphysio. *Tout le monde recule d'horreur. Creiphysio promène un regard moqueur sur l'assemblée ; puis elle dit lentement :*

Il paraît, bonhomme, que vous ne m'attendiez guère. C'est mal à vous. L'on sait que je me fais un point d'honneur de me trouver au milieu de tous vos plaisirs ; que je m'assieds à tous les festins, et que l'on n'a pas besoin de m'y faire ma part. Çà, de quoi s'agit-il, ô puissant souverain ? D'un baptême, je crois. Cela me réjouit toujours. Toute existence qui commence, me prépare une joie, un triomphe. Rions donc ; divertissons-nous ! Je veux chanter, je veux danser, en l'honneur de ta jolie fille, sans préjudice du présent que je lui réserve. Je suis vieille et ma voix est cassée ; mais la vue d'une foule agit sur mes nerfs, et me rend toute la vigueur de la jeunesse. Ah ! l'on me croyait morte ! Ah ! pour une courte absence, ils m'avaient oubliée ! Eh bien ! me voici ; reconnaissez-moi ! voyez si elle a rien perdu de sa force, l'aînée de la terre, la rieuse Creiphysio.

Elle chante ce qui suit, alternant son chant de sa danse :

Hourra ! hourra ! Typhon, noir Typhon, toi, mon père,
　　Que les siècles n'ont pas encor
　　Refroidi dans ton vieux repaire ;
　　Toi qui m'as allaité sans mère
Avec l'ardent limon du chaos, ton trésor !

Viens, écoute ta fille : entends ses bonds agiles.
　　Viens, et dans tes joyeux ébats,
　　Absorbe les âmes débiles
　　Des hommes, troupeaux imbéciles.
Souille et déchire ceux que tu n'absorbes pas.

Ne crains pas que la vie ou s'endorme ou tarisse
　　Au cœur de ce globe embryon :
　　Il vit ; il vivra ; c'est justice,
　　Qu'il te serve, qu'il m'obéisse,
Qu'il tremble sous ma danse, ô mon père, ô Typhon!

LE ROI, *s'inclinant devant elle.*

Croyez, chère dame, que si j'avais su où vous rencontrer, fût-ce dans les profondeurs où passe l'axe de la terre, je serais venu moi-même vous prier d'honorer de votre présence agréable le baptême de mon enfant. J'ai péché par ignorance : excusez-moi.

CREIPHYSIO.

Par ignorance ! Ah ! Ah ! Ah ! La pomme que ton ancêtre a, dit-on, si gloutonnement avalée, ne vous a donc pas beaucoup profité ? Votre race a perdu l'innocence, et je vois la science fuir devant vous comme un mirage trompeur.

LA REINE.

Venez, redoutable souveraine, prendre une place d'honneur au banquet qui vous attend. Votre chant et votre danse nous ont vraiment charmés.

CREIPHYSIO.

Ce n'est pas la danse à la mode. Mais elle n'est point trop ancienne. Elle ne date que de l'avant-dernier déluge. Allons boire et manger. Adieu, petite Irbella ; nous nous rencontrons parfois ; mais avoue que je t'ai joué plus d'un bon tour. *(Aux fées)*. Qu'est-ce donc que vous tenez-là ? Diable ! Quels splendides bijoux ! Ah ! je comprends ! c'est un souvenir que vous a donné votre excellent ami, le roi ici présent. — C'est fort bien, Sire ! L'on ne peut que louer votre libéralité royale.

LE ROI.

Ah ! si j'avais pu prévoir que votre Altesse viendrait en personne embellir la réunion.....

CREIPHYSIO.

Vous vous répétez, Sire. Voilà ce que c'est que de parler, sans avoir fait préparer son discours.

> *La Reine s'approche, suivie d'une négresse portant sur un plateau un fuseau d'argent, qu'on offre à genoux à Creiphysio.*

LA REINE *s'inclinant*.

Recevez avec bonté cette offrande, indigne de votre Altesse, j'en conviens ; mais veuillez réfléchir que nous n'avions pu supposer..,..

CRÉIPHYSIO, *qui a pris et examiné le fuseau d'argent, le jette au loin avec dédain, et dit :*

C'est bon ! c'est bon ! de l'argent à moi, tandis qu'on prodigue l'or et les pierreries à de jeunes folles, qui ne sont pas âgées de plus de vingt mille ans ! Jour du diable ! Vous apprendrez à me connaître. Fi de votre banquet, vilains ! Je m'en soucie, comme de la première comète que j'ai chevauchée, en volant au sabbat universel. Que faites-vous-là, tous, bouche béante ? Qu'on aille au plutôt me quérir l'auguste bambine. J'ai hâte de lui faire mon petit souhait de bonne aventure, et de m'en aller de ce lieu, empesté par l'odeur de ces roses.

Toute la cour sort avec effroi. Il ne reste que les huit fées, le Roi et la Reine.

LA REINE, *à part.*

Nous sommes perdus. (*A Creiphysio*). Ah! madame, si vous vouliez.....

CREIPHYSIO, *la regardant d'un air menaçant.*

Prends garde, insensée! Tu es bien osée, de prétendre fléchir l'inexorable. — Apprends que rien ne m'attendrit.

IRBELLA, *bas au Roi et à la Reine.*

Ne vous livrez pas au désespoir. Je suis là, et n'oubliez pas que je ne suis pas de ce monde

Elle passe derrière une colonne et se cache. On apporte dans un riche berceau la petite Synédise, et on la dépose au milieu du théâtre

CREIPHYSIO, *aux six jeunes fées.*

A vous les honneurs du pas, jeunesse. Je me réserve pour le bouquet final.

Elle s'assied sur un fauteuil, qu'on a mis au fond. Le Roi et la Reine sont auprès de leur fille.

PREMIÈRE FÉE, *s'approchant du berceau.*

Je te donne pour don la suprême Beauté.
O Synédise, sois la plus belle des filles.
Je sais bien qu'en ce monde, informe et tout gâté,
Les plus belles toujours ne sont les plus gentilles.
Mais je sais bien aussi que femme ne fera
Jamais fi de ce don. Quelque sage personne
Va venir après moi, qui le corrigera,

Et la beauté souvent à mainte chose est bonne.
L'homme est fait d'un bois dur, et cependant un jour,
Aux fibres de ce bois germe et fleurit l'amour !

(Elle reste auprès du berceau.)

CREIPHYSIO.

Voilà, certes, un souhait fort sage. Qu'est-il besoin qu'il
y ait tant de belles femmes. Ne sommes-nous déjà pas assez
nombreuses ? Cette jeune fée n'est qu'une coquette.

DEUXIÈME FÉE, *venant auprès de la première.*

Je te donne pour don la Grâce inimitable.
On verra, belle enfant, ma couronne d'azur
Passer de mes cheveux sur ton front adorable.
Tes yeux, à ses rayons, joindront leur rayon pur.
D'après un vieux dicton, la grâce est bien plus belle
Que la beauté. Je crois que chacune à son prix.
Si ma filleule un jour les réunit en elle,
Pauvres hommes, comptez que vous serez tous pris,
Moucherons attirés vers la fine ambroisie
Qui fascine le cœur, et qui double la vie.

(Elle se range près de sa compagne).

CREIPHYSIO.

Très bien ! grâce à ces beaux présents, je vois que la race
des fous ne s'éteindra pas ici-bas.

TROISIÈME FÉE, *s'approchant.*

Je te donne pour don l'Esprit et le Génie.
Ces messieurs ne vont pas souvent de compagnie ;
Mais, se tenant la main, ils viendront, attentifs,
Aimanter ta jeune âme et tes beaux yeux pensifs.
Il te sera donné de sonder le mystère
D'un monde né d'hier, qui passera demain ;
Et prodige nouveau parmi le genre humain,
Tu sauras toute chose et tu voudras te taire.

Dieu, ma fille, à toi seule accorde le pouvoir
De réconcilier Innocence et Savoir.

(Elle prend rang avec les deux autres.)

CREIPHYSIO.

Réconcilier l'Innocence et le Savoir ! Sur mon âme, — si j'ai une âme, — ce sera là un beau miracle, et l'on viendra de loin pour le voir !

QUATRIÈME FÉE, *s'approchant.*

Je te donne pour don le Chant et l'Harmonie.
Notez qu'on n'a pas dit le chant du rossignol.
Sans doute, il a des sons d'une grâce infinie,
Le doux musicien qui chante loin du sol.
Mais l'homme n'entend mot à son gentil ramage.
Toi, tes chants dans la nue enchaîneront l'orage.
Parfois, l'esprit sonore, errant à ton côté,
Sentira sous ta main l'âme mystérieuse
Du violon gémir, ou de la harpe heureuse,
Goutte à goutte, dans l'air tomber la volupté.

(Elle se place auprès des trois autres.)

CREIPHYSIO.

J'ai vu quelquefois la lune se voiler en m'écoutant. C'est quelque chose : Et messieurs les compositeurs ont beau faire du tapage, ils n'en sont pas encore là.

CINQUIÈME FÉE, *s'approchant.*

Je te donne pour don la Danse aérienne.
Sois plus leste et plus fine en tes jeux ravissants,
Que n'est la svelte abeille autour des lys naissants,
Ou l'ondine, courant, silencieuse reine,
La nuit, sur le miroir de ses grands lacs dormants.
L'extase, aux yeux rêveurs, suivra tes pas charmants,
Et les hommes voudront d'une bouche enflammée,
Adorer de tes pieds la trace parfumée,

Et les cœurs près de toi se fondront de langueur,
Comme les fruits d'été brûlés par la chaleur,

(Elle se place près des quatre autres).

CREIPHYSIO.

J'entends, elle tracera sur les herbettes l'image de ses chaussons, ou de ses chansons, je ne sais plus au juste laquelle des deux. C'est ce Molière qui l'a dit.

SIXIÈME FÉE *s'approchant.*

Je te donne pour don les Travaux de l'Aiguille.
Le modeste coton, le chanvre au fil moëlleux,
Les reflets de la soie, et la laine qui brille,
S'uniront sous tes doigts en tissus merveilleux.
Dieu sourira du ciel à ton travail utile,
Quand tu te pencheras sur ta navette agile.
Et de ton chant, plus doux qu'un chant de troubadour,
De ton art, de tes pas, de la voix inspirée,
De tes regards de feu, de ta grâce éthérée,
S'enflammera l'essence immortelle : l'Amour.

(Elle se place près des cinq autres.)

CREIPHYSIO, *se levant*

Fi ! Fi ! l'amour et l'aiguille ! c'est toute la vie d'une grisette ! A ton tour, Irbella ! Irbella, où es-tu donc ! Il me tarde d'apporter mon tribut à ce berceau chéri. Mais je crois, le diable me pardonne, qu'Irbella a disparu. Elle a craint de jouer avec moi de puissance à puissance. C'est fort prudent. Place ! Place, mes mignonnes. Je vais doter l'enfant.

LA REINE, *à part.*

Auteur de l'univers ! Dieu de bonté ! je t'implore pour ma pauvre fille.

LE ROI, *bas à sa femme.*

O reine, soutenons l'épreuve. Le nuage du malheur se dissipe parfois sous le souffle du courage !

Creiphysio se penche sur l'enfant, et la regarde avec attention. Le roi et la reine paraissent en proie à une vive épouvante. Les six fées reculent effarées. Irbella fait quelques pas sans bruit hors de sa cachette

CREIPHYSIO, *à l'enfant.*

Oui, je vois que tu es belle ; je sens que tu seras bonne. Alors, il faut que tu meures ; tu mourras.

Tous les assistants poussent un cri d'horreur, hormis Irbella qui fait un pas de plus. La reine la voit et lui saisit la main qu'elle baise avec transport.

CREIPHYSIO.

Mais je ne veux pas que tes parents aient à se plaindre de moi. J'ai de l'humanité à ma manière, Je veux qu'ils te possèdent durant quelques années, qu'ils jouissent de toi, de tes succès, de tes agréments ; qu'ils te voient grandir au milieu de l'admiration, de la sympathie générale. Alors, quand leur tendresse pour toi sera l'essence de leur vie ; alors, quand ton amour sera l'unique bonheur de leur vieillesse ; alors, quand tu feras la gloire de ta famille, l'orgueil de ton peuple ; alors, il sera temps que tu meures, et tu mourras.

LA REINE, *aux pieds de Creiphysio.*

Madame, au nom de Dieu ! Grâce !

CREIPHYSIO.

Madame, vous m'interrompez, et c'est très-mal. Écoutez jusqu'au bout.

Le roi relève la reine éperdue. Irbella s'est avancée derrière Creiphysio, de manière à ce que sa tête dépasse celle de la vieille.

CREIPHYSIO *à la reine.*

Madame, voici ce que j'avais à ajouter : Parvenue à l'âge
de seize ans, votre fille se percera la main d'un fuseau. Ce
genre de mort vous plaît-il ?

> *Irbella la touche de sa baguette. Creiphy-*
> *sio se retourne brusquement, et s'écarte un*
> *peu. Irbella vient se placer près du ber-*
> *ceau.*

IRBELLA *regardant Creiphysio.*

Je te dis, moi, que Synédise ne mourra point. Ronge-toi
le cœur, vieille Creiphysio. Ta rage ne sert qu'à t'enlaidir
encore, et certes, tu n'en avais pas besoin. Rugis donc, Furie
d'enfer ! ou plutôt, danse-nous encore ta danse de crapaud,
au bruit de ton chant triomphal. Tu te tais, aimable
fée? Eh bien ! à ton tour, écoute-moi.

LE CHŒUR DES JEUNES FÉES.

Que dis-tu de ce trait, belle Creiphysio?
N'est-ce pas, conviens-en, que pour de jeunes folles
Qui n'ont pas vingt mille ans, le tour est assez beau ?
Honneur! honnneur, la vieille, à ton gentil cadeau !
Crois-moi; pars au plus vite, et retourne aux écoles.

IRBELLA *au père et à la mère.*

Rassure-toi, pauvre mère ! Roi, souviens-toi que toute
vie d'homme est une guerre contre le sort. — Votre fille
ne mourra pas ; je l'ai dit. Cependant je ne puis écarter
entièrement de votre route ce rocher de malheur. Je ne puis
défaire, comme je le voudrais, ce qu'a fait notre ennemie. Il
est certain qu'à l'âge de seize ans, Synédise se percera la
main d'un fuseau : mais au lieu d'en mourir, elle s'endor-
mira d'un sommeil de cent ans. *(S'adressant à Creiphysio)*
Et sache que je veillerai sur ce sommeil et que je présiderai
à son réveil.

CREIPHYSIO.

M'arracher une proie ! Prends garde, jeune orgueilleuse ; mieux vaudrait essayer de ravir une mouche d'entre les bras du scorpion. Dans cent seize ans, et plus tôt peut-être, je retrouverai ta protégée. (*Au roi et à la reine*) Quant à vous, mes bons, que vous importe qu'elle ne meure pas ? A seize ans, elle est perdue pour vous. O gens de la terre, à quoi vous sert la bonté ? A quoi vous sert la résignation ? A quoi vous sert la vertu ? L'ivraie aussi porte des fleurs, et on la fauche avec ses fleurs, et on la jette au feu ou au fumier. — Hourra ! Hourra ! Typhon, noir Typhon, ver rongeur, éternellement attaché aux sources de vie de ce globe, je vais chercher ta nuit, et retremper ma force dans ton sein brûlant.

> *La terre s'entr'ouvre, Creiphysio disparaît.*
> *Irbella se place au milieu du théâtre*
> *à l'endroit où la vieille a disparu.*

IRBELLA.

Va, serpent venimeux, je ne puis t'écraser encore ; mais ma puissance n'a rien à craindre de la tienne.

LES JEUNES FÉES *se rangeant derrière elle.*

Irbella, gloire à toi, maîtresse radieuse !
A toi, Saturnienne ! à toi, victorieuse !

LE ROI *baisant la main d'Irbella.*

Je te dois la vie de mon enfant. Je te dois mon honneur de roi. Sans toi, j'allais peut-être, comme la reine, m'abaisser à supplier ce monstre hideux..

LA REINE.

Merci, ô maîtresse invincible, recours des misérables ! Est-il dans cet empire, est-il sous notre pouvoir, quelque chose qui puisse payer ton bienfait ! Oh ! punis-moi, si jamais je désobéis à tes ordres.

IRBELLA.

Remportons ce berceau précieux. Je veux que la jeune princesse en se réveillant fixe ses regards sur les miens. Souvenez-vous que personne dans ce palais, ne doit avoir connaissance de ce qui vient de se passer. (*Aux six fées*) Attendez, pour vous retirer, que vous ayez vu mon étoile bleuir à l'horizon.

> *Le roi et la reine emportent le berceau.*
> *Irbella les suit ; les six fées saturniennes*
> *restent.*

LE CHŒUR DES FÉES.

Oh ! combien, de Creiphysio
La menace, hélas ! m'épouvante !
Oh ! que cette vieille est savante
A forger un piége nouveau !
Avec elle, ni paix, ni trève !
Voilà que le fuseau poli
Sera désormais aboli
Dans l'immense empire du Rêve.
Les filles de ces bords fleuris,
Contrée en prodiges féconde,
Presque inconnue à ce vieux monde,
Vont, loin d'elles, avec mépris,
Rejeter cet emblème utile
De raison, de travail constant,
Sur qui, leurs mères, en chantant.
Inclinaient leur front immobile,
Tandis qu'avec un triste bruit,
Le vent secouait la feuillée,
Et qu'au coin du feu, la veillée
Usait les heures de la nuit.
Cet abandon, je le déplore ;
Car si le modeste fuseau
Eut joui d'un destin plus beau
Dans cette terre, heureuse encore,

S'il eût pu sans péril venir
Aux mains de ces femmes si belles,
O mes sœurs, vous verriez pour elles,
De loin, sourire l'avenir.
Cher fuseau, l'honneur de leur race,
Tandis qu'à travers les longs cils,
Leurs yeux suivraient tes légers fils
Que les doigts tordraient avec grâce,
Nous eussions vu leur regard pur
Refléter les clartés du Rêve,
Comme un doux astre qui se lève,
Lentement, le soir, dans l'azur.
Humains! tribus infortunées,
Derniers nés d'un monde bâtard,
Pour vous, c'est encore un retard,
Dans la marche des destinées.

> *On entend un son de trompette. Un Crieur*
> *public paraît en dehors du palais et pro-*
> *clame ce qui suit :*

Ecoutez, nobles, bourgeois et prolétaires qui peuplez la
très illustre cité de Céalta, capitale du royaume du Rêve, écoutez la lecture du présent édit. De par le Roi, notre vénéré
sire, séant en son Conseil, il est fait défense expresse à
toute personne du sexe féminin, de filer au fuseau ou même
d'avoir des fuseaux chez soi, sous peine d'être aussitôt sus-
pendue haut et court à une potence, jusqu'à ce que mort
s'ensuive. Même défense est faite aux hommes, s'il s'en
trouvait par hasard, qui se sentissent la vocation du fuseau,
et ce, pour toute l'étendue de cet incomparable empire.

Qu'on se le dise !

> *(Il s'éloigne.)*

LE CHŒUR DES FÉES.

Pauvre fuseau, ton arrêt est porté.
— Montons, je vois de ma reine immortelle,

Le char brillant sur la nue arrêté.
Envolons-nous dans les cieux avec elle.
Et toi, planète, où vit le double feu
Des sourds volcans, de la guerre abhorrée,
Puissè-je un jour te revoir délivrée
Du voile impur qui te dérobe à Dieu !

ACTE SECOND.

—

Large avenue, formée d'une double rangée de beaux arbres, conduisant à
la grille dorée d'un château moresque. Derrière la grille est une vaste
cour d'honneur, au fond de laquelle s'élève un perron de marbre.
Les balcons, les fenêtres du château et ses tourelles sont illuminés.
Des fusées partent de la cour. Une foule de paysans, en habits de fête,
hommes, femmes, vieillards et enfants, encombrent l'avenue et les prés
qui la bordent de chaque côté.

—

PETIT POUCET, *sortant du château, costumé comme*
au premier acte.

A sa vue LES PAYSANS *crient ce qui suit:*

Vive le roi ! Vive la reine ! Vive la princesse Synédise !
Vive le grand Petit-Poucet !

PETIT POUCET *les regardant d'un air narquois.*

Sont-ils bêtes ! Voyez ces airs stupides !

LES PAYSANS *criant plus fort.*

Vive ! Vive monseigneur Petit-Poucet !

PETIT POUCET *se prélassant au milieu d'eux.*

C'est bien ! c'est même très-bien, mes bonnes gens ! Je suis touché de votre enthousiasme, et je veux y répondre par une marque sensible de confiance. Cessez un instant de braire comme des ânes, si cela vous est possible, et écoutez-moi . Vous êtes curieux, et ne savez pas ce que j'ai à vous dire. Du reste, vous avez cela de commun avec beaucoup d'honnêtes gens que je vois d'ici, et que mon explication rendra bien aises.

C'est aujourd'hui que pour la seizième fois, l'on fête la princesse Synédise, la merveille de cet empire et du monde. Son père et sa mère, pour célébrer cet anniversaire joyeux, sont venus passer une semaine dans le plus beau de leurs châteaux, loin de leur bruyante capitale, car la princesse n'aime rien tant que les champs et la vie rustique. Cela vous paraît drôle, mes bons villageois, qui ne voyez rien de beau comme la ville. Apprenez que le cœur humain est fait de contrastes. D'ailleurs, chacun a son goût, et vous ferez bien de continuer à vous taire. Je poursuis. — Toute la cour a suivi ici ses souverains. Pour moi, tel que vous me voyez, je suis le factotum, l'homme de confiance de la grande fée Irbella, qui aime à se jouer entre les anneaux transparents de Saturne, et à se suspendre, comme une goutte d'ambre céleste, au vol rapide des lunes de ce globe diapré. Ma maîtresse m'a ordonné de ne point quitter le Roi et la Reine du Rêve, afin de veiller sur eux, et de l'avertir s'il leur survenait quelque malheur. Et vraiment, on ne pouvait me donner un mandat qui me fût plus agréable. Je ne vous dissimulerai pas que j'adore la belle Synédise, et que je donnerais volontiers mes riches bottes de sept lieues, pour baiser seulement une fois le bout de ses petits brodequins. Mais je sais qu'elle n'est pas pour mes beaux yeux, et qu'on se moquerait fort de l'amour d'un nain comme moi. Ce que je sais aussi, c'est que tous les hommes qui la voient, jeunes ou vieux, sont là-dessus aussi bêtes que moi, et perdent la tête d'amour. Qui pourrait rester froid devant cette ravissante fille, ce modèle idéal de toutes les perfections ? Ouf ! Rien que d'y penser, je me sens tout je ne sais comment.

Il les écarte et les fait fuir dans toutes les directions, à grands coups de houssine.

Allez donc ! manants ! Et allez donc ! ne voyez-vous pas la princesse qui vient rêver en ce lieu ? Elle est très-honnête de m'avoir laissé le temps de tout vous dire.

LES PAYSANS, *en s'enfuyant.*

Vive le Roi ! Vive la Reine ! Vive la Princesse ! Vive, vive Monseigneur Petit-Poucet.

PETIT-POUCET, *seul.*

Que dire à une fille si spirituelle ? Dès que je la regarde, ses yeux arrêtent court mon éloquence. D'ailleurs, ces maudites bottes vous donnent un air grotesque. Mieux vaut aller là dedans déguster un flacon de vin de Champagne. Je dois tout voir par moi-même. Cela rentre dans mes attributions.

(Il sort.)

SYNÉDISE, *venant du château en courant.*

A la bonne heure, enfin ! Me voilà dans ces belles prairies que j'enviais tant. J'ai su échapper à la tendresse vigilante de mes parents, aux adorations de la foule, et je puis courir en liberté. Il est si bon de se sentir libre ! Il est si bon de toucher de ses mains les arbres, les fleurs, la verdure ; d'écouter les petits grondements du ruisseau ; de regarder passer au-dessus de sa tête les oiseaux affairés. — Oh !

l'étoile qui s'est levée dans le ciel, le jour de ma naissance, a versé sur moi une heureuse lumière. Oui ; je sens que je suis née pour le bonheur ; je suis heureuse, aimée, adorée de ceux qui m'entourent. Moi, j'aime tout sur la terre. Je voudrais, par mes regards, communiquer autour de moi une partie de ma félicité. Aussi, je crois qu'il ne me manque rien, absolument rien, et que je n'ai rien à désirer.

(Elle s'assied près d'un arbre, et soupire.)

Eh ! bien, qu'est-ce donc qui me manque, et quel autre bonheur puis je donc rêver ? — Arbres touffus, qui me cachez si bien sous votre ombre, et dont je sens l'âme centenaire palpiter sous l'écorce, ne savez-vous point ce qui me trouble encore ?_Oh ! dites, si vous le savez, dites à Synédise, à votre enfant, à votre souveraine, quel vœu me reste à former, quel présent j'ai à demander aux astres, qui me protégent. — Ah ! j'entends un vague frémissement courir dans vos feuilles. J'entends votre voix qui s'élève. Parlez, arbres amis ! Parlez ! mon âme recueille vos paroles.

CHŒUR DES ARBRES.

O notre jeune reine, ô Synédise, ô toi
Qui ne dédaignes pas de nous nommer les frères,
D'écouter nos concerts, et de flatter du doigt
    Nos écorces grossières ;

Toi que j'ai vu sourire à tous nos joyeux dons,
Toi, l'aimable et la belle, et l'âme la plus tendre,
Viens, et sois attentive, enfant ; nous répondons
    A qui sait nous entendre.

Ne cherche point parmi les marguerites d'or,
Ne cherche point aux nœuds de ma robe de fête
Cette idéale fleur, qui manque seule encor
    A ton âme inquiète.

Plus fière qu'une rose, et plus chaste qu'un lys,
Elle ne traîne point sur ce monde qui pleure.

Sa racine est plus haut, plus loin ; mais je te dis
    Qu'à son jour, à son heure,

Tu sentiras éclore et frémir sous ta main
    La fleur du ciel. Vois-tu comme la plaine brille ?
Jouis du beau printemps, sans attendre à demain ;
    Jouis, ô jeune fille !

Le temps tourne sa roue, et répand au hasard
    Tout ce qui charme l'homme, et ce qu'le désole.
Mais c'est le mal qui reste, et foisonne au regard ;
    Le bien tombe, ou s'envole

SYNÉDISE, *souriant.*

Ces arbres sont charmants, et je les entends à merveille.
Oh bien ! Ils ont raison ; tout me sourit dans la vie ; laissons-
nous aller au courant qui nous entraîne. Le rire, à mon âge,
fait du bien, et je le moissonne sur toute chose qui s'offre à
moi.

    (*Elle danse gracieusement ; puis soudain s'arrête.*)

Ah ! mon Dieu ! Je me sens saisie d'horreur. Que m'ar-
rive-t-il ? (*A voix basse*) Ma mère ! ma mère ! où êtes-vous ?

> *Tandis que Synédise regarde du côté des
> spectateurs, on voit passer lentement au
> fond du théâtre Creiphysio. Arrivée
> devant la grille, elle s'arrête un instant,
> regarde Synédise, branle la tête, et entre
> au château.*

SYNÉDISE.

Voilà que je me retrouve. Il me semblait qu'un humide
nuage s'était abattu sur moi. Tout est noir aux environs. J'ai
froid. Rentrons vite au château. Aussi bien n'ai-je pu encore
le parcourir à ma fantaisie. Il faut que je le visite de la cave
au grenier.

    (*Elle chante le distique suivant.*)

Arbres, adieu ! Que je plains vos longs jours !
Vous ne bougez de place, et moi je cours.

(Elle entre au château en chantant et sautillant.)

Intérieur d'une tourelle. Petit galetas hexagone. Au fond une étroite fe-
nètre grillée. A droite du spectateur, un trou, où vient aboutir l'escalier de la tour. A gauche, un misérable grabat ; au centre, un coffre en bois brut, servant de table, et sur lequel sont un pain noir,
une assiette et une cruche ébréchée. Deux chaises, l'une près du coffre, l'autre, près du grabat. Sur celle-ci, une quenouille chargée de
lin et un fuseau. Le coffre supporte une mauvaise lampe allumée,
près de laquelle est assi e une vieille pauvrement vêtue.

LA VIEILLE *posant vivement son pain.*

Diantre soit de moi! voilà mon avant-dernière dent
qui vient de tomber. Que ferai-je de celle qui me reste ?
Si je trouvais quelqu'un qui voulut m'acheter ma pauvre
dent, j'en ferais bon marché. On dit que les dents d'éléphant se vendent à très haut prix. Ne pourrais-je faire
passer celle-ci pour une molaire d'éléphant? Ma foi, si je
réussis, je me déferai aussi de l'autre. Il faut songer à
amasser de l'argent. Tout le monde peut se procurer des
dents ; mais de l'argent, dà, tout le monde ne peut s'en
procurer. J'ai assez mangé pour aujourd'hui ; n'usons pas
davantage ma lampe, et couchons-nous. — J'ignore ce que
signifie le tintamare que j'entends depuis ce matin dans
le château. On crie ; vive je ne sais qui ; et puis, je ne sais
quoi. On tire des coups d'arquebuse, qu'on dirait une
vraie bataille. Moi, par prudence je reste ici. On ne viendra
pas m'y chercher, peut-être. Mon Dieu ! qu'une pauvre veuve
a de ménagements à garder, quand elle a quelque soin de sa
réputation !

Derrière la lucarne grillée paraît la tête de Créiphysio.

LA VIEILLE.

Ah! seigneur Dieu! qu'ai-je vu ? C'est fait de moi ! —

Eh non, non. Suis-je bête ! ce n'est qu'une chouette, qui est venue se poser sur le rebord de ma fenêtre.

CREIPHYSIO *chantant derrière la lucarne.*

C'est moi ta voisine fidèle,
La chouette de la tourelle ;
    C'est moi,
Moi qui ris le soir dans ton ombre,
Quand descend sur la plaine sombre
    L'effroi.

Quand le vent nocturne qui passe,
Fait siffler au loin dans l'espace
    Son fouet,
C'est moi, dont la chanson bouffonne
Suit le ronflement monotone
    Du rouet.

Que fais-tu, la vieille, à cette heure ?
Pourquoi chômer dans ta demeure ?
    Pourquoi ?
Bannis la paresse ennemie ;
Reprends ta quenouille endormie.
    Crois-moi.

N'as-tu pas, selon l'habitude,
Pour égayer ta solitude,
    Ma voix ?
Il est bon, que, dans la veillée,
Ta belle humeur soit réveillée
    Parfois.

Travaille : la nuit est profonde ;
L'aquilon ébranle, en sa ronde,
    Le toit.
File, file à l'accoutumée,
Tant que luit la lampe enfumée
    Sur toi.

LA VIEILLE, *filant*.

Tu n'es vraiment point tant sotte, ô chouette.
Mais peux-tu bien, toi personne discrète,
M'appeler vieille ! or, chère amie, apprends
Que je suis loin d'avoir quatre-vingts ans.
Mais en retour du conseil que me donne
Ton amitié, va, va, je te pardonne.
Chante, commère, autant qu'il te plaira ;
En t'écoutant, mon lin s'achèvera.
— Il me revient en tête une bêtise,
Que m'a contée un fat à barbe grise,
Le vieux Perrin, concierge du château,
L'autre vesprée, au sujet du fuseau.
Vieux je l'appelle, et c'est à juste titre :
Il a passé quatre-vingt, ce bélitre.
Donc, ce vieux fou ne m'affirmait-il pas
Que notre Roi, qui demeure là-bas,
A défendu, sous de très-fortes peines,
Que jamais onc, dans ses vastes domaines,
Ne se servit d'un fuseau pour filer ?
Aux gens, à qui la rage de parler
Fait débiter des sornettes pareilles,
Moi, je voudrais qu'on coupât les oreilles.
Va ton train, roule, ô fuseau, va ton train !
Faisons la figue au bonhomme Perrin.

CREIPHYSIO, *chantant à la fenêtre*.

Que le lin mystique s'achève !
Que mon chant de bonheur s'élève
Plus fort !
Entends les cris de la chouette.
De mes cris l'homme s'inquiète
A tort.

Que ton fil s'allonge, s'allonge
Sur le fuseau qui tourne, plonge,
Se tord !

Ce fil, tout grossier qu'on le croie,
Durera plus qu'un fil de soie,
    Et d'or.

Qu'en attendant l'heure fatale,
Ton fuseau gronde comme un râle
    De mort !
Qu'autour de toi l'ombre complice,
D'ombres plus noires se remplisse
    Encor.

Déjà sur l'horloge bruyante,
De la double aiguille, effrayante
    A voir,
Le bec d'airain se précipite,
Crie, et tout mon être palpite
    D'espoir.

File, file, et point ne t'arrête.
Déjà je sens planer au faîte
    Des tours ,
L'aile froide de l'ange blème.
O mort fidèle ! ô toi que j'aime.
    Accours !

Oui ! tu viens ; tu n'es pas ingrate.
Oui ! tandis que la joie éclate
    Là bas,
La mort, invisible et muette,
A fait, vers l'objet que je guette,
    Un pas.

Et voici qu'une autre s'avance,
Une autre, qui, là, sans défense,
    Mourra.
Monte donc ; monte, ô belle fille !
C'est la lampe d'hymen qui brille.
    Hourra !

SYNÉDISE *paraît souriante au haut de l'escalier.*

Ah ! Ah ! c'est ici la lumière que je voyais d'en bas, à la fenêtre de cette tourelle. Je ne connaissais pas ce galetas. Mon Dieu ! que ce château est vaste ! mais qu'il fait triste ici ! Rien que d'y entrer, on se sent froid.

(Elle fait en dansant le tour du galetas)

LA VIEILLE, *filant toujours et regardant Synédise.*

Quelle est cette jolie fillette, qui vient visiter mon donjon ? Oh ! qu'elle a de grâce à danser ! mais c'est étonnant ; je jurerais qu'il y a par moments, derrière elle, un fantôme qui la suit pas à pas.

SYNÉDISE *s'arrêtant devant la vieille.*

Bonsoir, la bonne mère ; que Dieu vous donne une heureuse vieillesse !

LA VIEILLE.

Qu'il vous bénisse, ma belle enfant, pour votre doux accueil ; vous n'êtes pas fière, quoique vous ayez l'air d'être bien riche.

SYNÉDISE *qui s'est approchée peu à peu.*

Que faites-vous donc là, je vous prie ? Est-ce pour vous amuser, que vous maniez ainsi tout cela ?

LA VIEILLE.

M'amuser, hélas ! on ne s'amuse plus à mon âge, surtout quand on est pauvre. Je file, voyez-vous ; je file ce fil, qui servira peut-être pour mon suaire.

SYNÉDISE.

Filer ! C'est donc là ce qu'on appelle filer ! Je ne m'en doutais pas. Ah ! que cela est joli !

LA VIEILLE.

Oui ; c'est un joli travail ; mais il est un peu négligé aujourd'hui. Au temps passé, une fille comme vous, toute belle et toute riche que vous soyez, n'eût pas dédaigné de s'y employer. Ah! qu'il faisait bon vivre, lors de ma jeunesse; et que les hommes valaient bien mieux que de nos jours !

SYNÉDISE.

C'était quand la reine Berthe filait, n'est-ce pas? J'ai retenu ce proverbe. Je veux faire comme Berthe, moi; voyons : comment vous y prenez-vous ?

LA VIEILLE.

Oh! ce n'est pas l'affaire de tout le monde, que de filer proprement, et j'ose dire que je n'y suis pas maladroite.

Regardez un peu ma bonne grâce. On tient sa quenouille de la sorte. Le fuseau est ici, et l'on imprime, avec le pouce et l'index, ce petit tour au fil. Voilà !

SYNÉDISE.

Donnez-moi cela, vite, vite, ma bonne femme! que je voie si j'en ferais bien autant.

LA VIEILLE.

Qu'elle est gentille et gracieuse ! Peut-on rien lui refuser ! Oh ! avec cette petite main, à coup sûr, vous en viendrez à votre honneur. Tenez ! Prenez comme ceci.

CREIPHYSIO, *derrière la fenêtre.*

Hourrah ! O jeune insensée !
Sur le fuseau que tu tiens,
Les doigts d'une main glacée
S'allongent tout près des tiens.
C'est la main de la Camuse,
Qui s'ouvre pour te saisir,
Et sur ton âme qui s'use,
La mort souffle ! Il faut partir !

SYNÉDISE, *qui a pris quenouille et fuseau.*

Qu'est-ce donc qu'on entend, la mère? On dirait une plainte funèbre.

LA VIEILLE.

Ne faites pas attention, ma belle demoiselle. C'est une vieille chouette, ma voisine, qui se réjouit parfois à me voir travailler.

(*Synédise s'est assise et file.*)

LA VIEILLE.

Ah! mais c'est qu'elle le fait presque aussi bien que moi. On dirait qu'elle n'a fait autre chose toute sa vie. O charmante enfant, vous êtes bénie de Dieu!

CREIPHYSIO, *derrière la fenêtre.*

Oui ; car elle va mourir.

SYNÉDISE.

Eh bien! eh bien! le fuseau ne m'obéit plus. Marche donc, petit rebelle! marche!

> *Elle saisit vivement le fuseau, qui lui perce la main de part en part. Elle pousse un cri et tombe inanimée.*

CREIPHYSIO, *disparaissant.*

Irbella! Irbella! sauve-là, si tu peux! mon œuvre est faite.

LA VIEILLE, *essayant de relever Synédise.*

Au secours! au secours! Ah! Seigneur! Ah! bon Dieu! Mais qu'est-ce donc? Ah! pauvre demoiselle! malheureuse que je suis! au secours! Une si jolie fille! au secours!

> *On entend sonner le tocsin. Le Roi et la Reine accourent par l'escalier, avec toute la cour.*

LA REINE.

Quelle est la cause de ces cris lamentables ?

LE ROI.

D'où vient que le tocsin du château sonne de lui-même ?

LA REINE.

Ah ! c'est que ma fille est morte ! O misérable mère ! Je suis perdue.

LE ROI.

Ma fille morte ! Oh ! nous n'avons plus qu'à mourir !

> *Il se jette à genoux auprès de Synédise étendue, dont la reine soutient la tête. La vieille a disparu dans la foule. Toute la cour s'empresse autour d'eux. Le docteur du roi, robe noire, lunettes, grande barbe, perruque, et chapeau pointu, vient se pencher sur la princesse, lui prend la main et fait un signe de tête dubitatif.*

LA REINE, *hors d'elle-même.*

Eh quoi ! docteur, vous oseriez douter du salut de ma fille ! Vous êtes un monstre ! — Ma Synédise, mon enfant adorée, ouvre les yeux. Regarde ta pauvre mère, qui se meurt si elle te perd.

(Elle embrasse sa fille en sanglottant.)

LE ROI.

Ah ! docteur ! docteur du diable ! Je te paie pour nous guérir. Si tu ne peux guérir ma fille unique, tu seras pendu.

(Le docteur recule effaré.)

LA REINE, *à ss femmes.*

Que faites-vous là, vous autres, avec cet air ahuri ? Qu'on aille me quérir des spiritueux, des cordiaux, l'eau de mon amie, la reine de Hongrie, sur-le-champ !

LE ROI, *qui a examiné la main de Synédise.*

Hélas ! madame, je crains que tout ne soit inutile, et que

nous n'ayons plus qu'à traîner un deuil sans espoir. La destinée ! Oh ! l'inévitable destinée !

LA REINE.

Non ! vous dis-je, non ! Ma fille n'est pas morte ! nous la rappellerons à la vie, ou nous mourrons avec elle.

Elle essaie de faire respirer à Synédise des flacons, qui lui sont apportés, et elle lui frotte les tempes.

PETIT POUCET, *paraissant au haut de l'escalier, derrière un groupe.*

Ah ! ça, ma's qu'est-ce qu'ils ont donc, de s'entasser de la sorte, dans ce sale grenier ! Leurs cris m'ont réveillé sous la table, où je dormais comme un bienheureux. On n'a pas le temps ici de cuver son vin. Oh ! oh ! tous ces gens-ci pleurent ! pour sûr, c'est que le Roi ne rit pas.

(Il se glisse dans la foule.)

LA REINE.

Délices de mon âme ! Synédise, ma fille ! Entends-moi ! c'est moi ! c'est ta mère, ta mère qui ne vit que pour toi ; qui te demande à genoux de revivre, de me sourire, de me regarder encore ! Oh ! oui ; que j'entende une fois ta voix chérie, et que je meure !

LE ROI, *qui s'est relevé.*

Rien ne peut fléchir le sort. Tout est fini pour nous. Je reconnais que la prophétie avait raison. Qu'on transporte doucement ma fille bien-aimée dans la chambre d'honneur du château, afin qu'elle soit du moins dans un lieu digne d'elle.

PETIT POUCET, *à part.*

Je crois que je commence à comprendre. Rien ne vous ouvre l'esprit comme le vin de Champagne ! La belle main de ma princesse est transpercée d'un fuseau, ce qui est assurément très fâcheux. Alerte, mes petites bottes ! Allons, à travers l'étendue, prévenir sa marraine Irbella.

> *Il disparaît par la grille du fond. Des dames emportent Synédise, toujours inanimée. Le Roi, la Reine, et toute la cour s'en vont. Quand il n'y a plus personne, la Vieille sort de dessous le coffre, où elle était blottie, et dit :*

Voilà ce que c'est, que de ne pas faire apprendre aux jeunesses à filer comme il faut. Si cette chère demoiselle eût mené le fuseau d'une main moins étourdie, elle ne serait pas où elle est. Ce n'est pas malheureux, tout de même, que d'en voir passer tant de jeunes avant moi. Je n'ai eu garde de lui laisser mon fuseau. Le voilà ! Il n'est presque pas gâté. Achevons tôt ma quenouillée.

> *(Elle se remet à filer.)*

Vaste chambre splendidement meublée et décorée ; magnifiques tentures de haute lisse. Vases de cristal et de porcelaines du Japon, chargés de fleurs éclatantes. Glaces de Venise, tenant du sol au plafond ; trois grands lustres illuminés. Divans, fauteuils. Au fond, sur une estrade, un lit en ivoire, recouvert de tapis de pourpre, brodés d'or et d'argent. Au dessus du lit, un dais à rideaux de gaze, et draperies rouges, avec panaches blancs, et torsades de perles aux coins. L'appartement se remplit de gardes d'honneur, de seigneurs et de dames richement vêtus. Au milieu d'un cortége funèbre, on voit entrer les femmes portant le corps de la princesse, qu'elles viennent déposer lentement sur le lit, au son d'une musique funéraire. Le Roi et la Reine, accablés de douleur, suivent le corps de leur fille, qui porte une robe de gaze blanche, et sur la tête, une couronne de roses blanches et de pavôts rouges.

LA REINE *embrassant sa fille.*

Elle n'est pas morte, Sire ! elle n'est pas morte. Je l'entends respirer doucement. Elle va se réveiller. Je reprendrai ma fille. Oh ! oui ; Dieu est trop bon pour ne pas me la rendre !

Voyez qu'elle est belle, mon enfant bien-aimée, ma divine Synédise.

LE ROI

Repose en paix, ange de la terre! Et que la fée qui nous aime, ne laisse pas éteindre la douce lueur d'existence, qui tremble encore en toi, comme une lampe sacrée, dans un vase d'albâtre. Cette clarté faible, qui vit dans ton âme, c'est l'espoir du monde; si elle mourait, il n'est plus pour lui d'avenir.

PETIT POUCET *enjambant le vaste balcon ouvert à l'extrémité du théâtre.*

Place! Place! voici la Souveraine! la Saturnienne impératrice! ma maîtresse et la vôtre, la grande fée Irbella!

> *Le Roi et la reine poussent un cri. On voit en dehors, descendre du ciel, Irbella, sur un char étincelant de rayons et traîné par quatre dragons à longue croupe. Le char s'arrête tout près du balcon. Le roi et la reine accourent baiser les mains de la fée et l'aider à mettre pied à terre. Elle entre en scène au milieu d'eux. Le char disparaît.*

LA REINE *aux genoux d'Irbella.*

O Irbella, puissante amie! rappelez à la vie ma Synédise, et s'il le faut, faites-moi mourir!

LE ROI *montrant sa fille.*

Voici le moment de tenir vos promesses. Ma fille, hélas! est perdue pour nous; mais vous pouvez, par un doux et long sommeil, retremper en elle les ressorts de la vie.

> *Irbella les écarte d'un geste affectueux, s'approche légèrement du lit où est Synédise, la contemple un instant, la baise au front. Puis elle vient se placer seule au milieu du théâtre, et dit:*

Il fallait que ceci arrivât. Rien ne peut rompre la chaine des destinées, ou y ajouter un anneau. Reine, je te plains; le sourire de ta fille ne brillera plus pour toi; mais d'autres en jouiront unjour. Roi, je te loue; tu as compris que la lutte entre le sort et vous, devenait inégale, et tu t'es résigné. Moi je viens pour acquitter ma promesse. Restez près de moi. (*S'adressant à l'Assemblée.*) Vous tous, écoutez mon ordre suprème, et hâtez-vous d'obéir. Que chacun, sans délai, retourne à son emploi et s'occupe de ses fonctions comme si rien n'était survenu. Que les gouvernantes et dames d'honneur renouent leurs causeries vagabondes et leurs médisances, au point où elles les ont laissées. Que les gentilshommes, les officiers, les pages fassent la roue devant elles. Que les maitres d'hôtel, cuisiniers, marmitons, galopins, apprêtent le banquet du soir, attisent le feu et tournent les broches chargées de venaison. Que les valets lutinent les femmes de chambre, et enseignent aux chiens les exercices des héros. Que les palefreniers étrillent les chevaux. Que les gardes reprennent leur faction, les cochers leur brosse, et les soldats leur bouteille. Allez, songez que je vous verrai tous; s'il en est, parmi vous, qui dans deux minutes, n'aient pas recommencé leur travail quotidien, je les donnerai à dévorer à mes dragons.

(*Les courtisans sortent tous*).

IRBELLA, *s'adressant au roi et à la reine.*

Et vous, soyez attentifs à mes dernières paroles. — Il est venu, le temps du sommeil séculaire. Synédise, blessée par l'éternelle ennemie de sa famille, n'adoucira point par ses soins votre vieillesse, et ne pourra vous fermer les yeux. Un moment vous est donné encore, pour lui faire vos adieux. Bientôt elle ne vous appartiendra plus, et nul autre enfant ne vous consolera de sa perte, et Dieu ne vous accordera point d'autre postérité.

LA REINE, *près du lit de la princesse.*

Adieu, ma fille! Adieu, mon bonheur! Adieu, ma vie!..
Va! je ne resterai pas longtemps sur la terre, maintenant
que tu n'y seras plus avec nous.

LE ROI, *près d'elle.*

Adieu, mon enfant! Synédise, espérance d'un monde
meilleur! Heureux les jours, heureuse la génération, où ton
âme innocente aura secoué son sommeil. Adieu! ta mère et
moi, nous mourrons tristes et solitaires.

> *Le Roi et la Reine embrassent en pleu-*
> *rant le visage et les mains de leur fille.*

IRBELLA.

Montez sur mon char. Il va vous transporter sans retard
dans votre capitale, à l'insu de tous ceux qui restent ici. Le
redoutable mystère va commencer.

> *Les quatre dragons et le char se présen-*
> *tent tout contre le balcon; le Roi et la*
> *Reine y montent et disparaissent.*

IRBELLA.

Venez à moi, mes fidèles compagnes, dociles messagères
de mes volontés. Qu'à votre voix s'accomplisse ici ce que
l'homme appelerait un prodige, car il ignore, hélas! que tout
ce qu'il nomme Matière, a une âme, une âme puissante et
pure, qui répond à la nôtre, et qui poursuit, elle aussi, le
rêve de l'idéal.

> *Irbella disparaît. Les six jeunes fées Sa-*
> *turniennes viennent se grouper en dehors*
> *du balcon, pour chanter en chœur.*

LA CHANSON DU SILENCE.

Que tout fasse silence au loin!
Qu'une immobile nuit de ces lieux prenne soin!

I

Sommeil, repos aimé, fils de l'ombre nocturne,
Penchez sur ce palais votre aile taciturne.
Goutte à goutte, versez les beaux rêves du ciel
Dans le limpide esprit de la vierge sans tache,
Qu'on met sous votre garde, et qu'un mystère cache
     A tout regard mortel !

Eloignez de son seuil, de sa couche sacrée,
Les puissances du mal, légion conjurée
Pour rendre l'air des nuits inquiet et mal sûr.
Caressez des soupirs de vos fraîches haleines
Ce jeune corps d'albâtre ; endormez dans ses veines
     Le flot de son sang pur.

Mêlez et confondez, sous cette ombre incolore,
Le passé, le présent, et l'avenir encore.
Qu'une immobile nuit de ces lieux prenne soin !
     Que tout fasse silence au loin !

II

Qu'au-dessus de ces tours, durant cent fois l'année,
Le temps, ce dévoreur de toute chose née,
De son vol invisible amortisse le bruit ;
Qu'il craigne d'effleurer la beauté de cette ange ;
De vieillir d'un instant ses grands yeux, sous la frange
     Du cil noir qui reluit.

Que tout ce qui respire et vit dans cet asile,
Arbres, et fleurs, et l'homme, et le bétail servile,
Tout, même l'air et l'onde, et jusqu'au feu vermeil,
Que tout être s'arrête, et sommeille avec elle,
Et qu'ici, dans cent ans, tombe en une étincelle
     L'électrique réveil,

Afin qu'au jour prédit la vierge renaissante
Retrouve à ses genoux sa cour obéissante.

Qu'une immobile nuit de ces lieux prenne soin !
Que tout fasse silence au loin.

III

Aux environs déjà la forêt formidable
S'entrecroise et grandit ; les hauts chênes, l'érable,
Et les buissons crépus, et la ronce leur sœur,
De ce séjour de paix fermant tous les passages,
Le rendent introuvable aux animaux sauvages,
    Comme au plus fier chasseur.

Et si la vie, ainsi qu'une horloge endormie,
S'interrompt dans les murs de la demeure amie,
D'où je chasse le bruit, le mouvement, le jour,
Elle reflue, avec une force brutale,
Dans mille êtres doués d'une âme végétale,
    Qui montent à l'entour.

Ainsi, de la nature, où l'esprit toujours vibre,
Les ressorts garderont leur constant équilibre.
Qu'une immobile nuit de ces lieux prenne soin !
    Que tout fasse silence au loin !

IV

Maintenant, le manteau de la nuit appelée
S'est posé, doux linceul, autour de la vallée.
Synédise est couchée en sa morne prison.
O terre, que tes jours seront tristes sans elle !
Moi, mon astre lointain m'invite et me rappelle
    Des bords de l'horizon.

Mais sur ce bois dormant, retraite solitaire,
Du fond de l'étendue, où meurt le feu solaire,
Mes regards attendris souvent s'arrêteront.
Adieu, ma jeune sœur ! Vienne du moins encore
Quelque songe d'amour, comme une vague aurore,
    Voltiger sur ton front.

7

Dors ignorée ici, captive souveraine.
Dans le ciel, comme nous, un jour tu seras reine.
Qu'une immobile nuit de ces lieux prenne soin
Que tout fasse silence au loin.

*A mesure que les fées chantent, on voit,
par delà le balcon, la grande cour du
château se remplir de gens affairés de
différentes manières. Peu à peu ils cessent
de remuer, et paraissent dormir profondément au milieu de leurs occupations
inachevées. Les rideaux de gaze ont
enveloppé le lit, et dérobé la princesse.
Les lustres se sont éteints successivement.
La nuit s'est faite sur le théâtre. Le
char des fées reparaît, et emporte au ciel
le groupe entier.*

SYNÉDISE

INTERMÈDE

LANTERNE MAGIQUE

Une route, bordée de tombeaux de diverses formes, et aboutissant à une grande ville, dont on voit les monuments se dresser derrière un haut rempart. Par de là ces édifices, apparaissent des mâts de navires, avec leurs cordages et leurs banderoles. Entre les tombeaux, çà et là, s'élèvent des arbres de toute sorte, parmi lesquels, sur un côté du théâtre, est un énorme cyprès, dominant un puits à margelle, à demi entrevu. Sous un arbre du milieu, se trouve un rosier, qui porte une seule rose blanche. Cette fleur, bouton à peine visible au commencement de la scène, se montre, vers la fin, splendidement épanouie. Il y a, sur le côté du théâtre opposé au puits, une table de pierre, assez rapprochée de l'avant-scène.

LE SYLPHE UTAÏ, *seul*

(*Il s'adresse aux spectateurs.*)

Mesdames et Messieurs, je présume que vous me faites l'honneur de me reconnaître. Je suis le Sylphe Utaï, qui ai bien voulu accepter un rôle dans le prélude de ce drame invraisemblable. Je viens causer familièrement avec vous, et vous dire qu'à mon sens, l'auteur a eu grand tort de s'empêtrer dans cette légende. S'il m'avait consulté, je lui aurais fourni un sujet, tout aussi.... absurde, je veux dire, tout aussi métaphysique, mais plus simple. C'est une petite fable, que j'ai pris la peine de rimer, et que je vais confier à la discrétion publique. Vous ferez bien de me remercier d'avance, parce qu'après la lecture, vous pourriez n'être plus tentés de le faire. Tout coup vaille : la voici,

LES FRÈRES ENNEMIS
FABLE

Un globule planétaire
Etait vide d'habitants.
Un Génie au front austère
Vint s'y reposer longtemps.

Comme il était passé maître
Dans mille arts ingénieux.
De plus, très-grand géomètre,
Puissant et laborieux,

Il voulut peupler la boule,
Et se jouait bien souvent
A fondre et jeter au moule
Des essais d'être vivant.

Il pétrit d'onde et de sables
D'étranges créations ;
Puis enfin, trouva passables
Deux de ses inventions.

L'une était de forme humaine,
Machine admirable, où l'air
Joue, et passe avec l'haleine,
Où s'unit l'os à la chair.

La statue, il faut le dire,
Pouvait.fort bien vivre, au point
D'agir, de se reproduire :
Mais pour se connaître, point !

L'autre, éthérée, intangible,
Plus libre qu'une vapeur,
Fleur du songe, œuvre invisible,
Hormis pour son inventeur.

Et flottant dans l'atmosphère,
Où le jour la traversait,
Ne pouvait, ne savait faire
Rien, sinon qu'elle pensait.

L'auteur vit que, du double être
Complété tant bien que mal,
En le soudant, il peut naître
Un fort honnête animal.

Mais la peine la plus forte
Fut, les mettant en commun,
D'enlacer le tout, de sorte
Que les deux n'en fissent qu'un.

A cet effet, dans la tête
De la statue, on a mis
Un nœud de vertu secrète,
Qui serre et les tient unis.

La gêne s'en est suivie.
Qu'importe ? le nœud les joint,
Et tant que dure la vie,
Il ne les lâchera point.

L'artisan de cet ouvrage
S'amusait à voir, dit-on,
Se trémousser l'assemblage
D'une bizarre façon.

Soit quand la chair en démence,
Trainant le nœud oublié,
Trouble et réduit au silence
Son impalpable allié,

Soit quand le captif domine,
Et que, par de sourds efforts,
De la rebelle machine
Il ébranle les ressorts.

Bon ! se disait le Génie :
Ils se feront à ce jeu ;
Et si la bonne harmonie
Quelquefois en souffre un peu,

Je sais bien qu'en fin de compte,
Un léger coup de ciseau
Tranchera de façon prompte
Leur débat, toujours nouveau.

Lors, la pensée insoumise
Va reprendre son essor,
Et l'autre sera remise
A neuf, pour servir encor.

Là dessus, d'un profond somme
S'endormit l'Auteur divin,
Laissant la race de l'homme
Suivre son heureux destin.

Hein ? Voilà du moins un sommeil vraisemblable. Et
plût au ciel qu'il n'eût duré que cent ans ! Quel est l'im-
portun qui vient nous déranger, quand j'allais recueillir
vos délicates louanges ? Eh ! ce sont les bottes de sept
lieues qui accourent, portant leur diminutif de maître. Il
tient un papier ; voudrait-il vous lire, aussi, des vers ! Ah !
mais, je m'y oppose, moi !

Petit Poucet survient un papier à la main.

PETIT POUCET

Que fais-tu là, frétillant lutin ? serais-tu homme à me donner un bon conseil ?

LE SYLPHE.

Ah ! vous voilà, monsieur de Petit Poucet ! Serviteur. Rire et donner des conseils, c'est mon fort. Mais ne dites pas que je suis un homme. Je ne le veux pas, entendez-vous ?

PETIT POUCET.

C'est bon ; tu ne le seras jamais ; c'est comme moi. — Tiens ; prends connaissance de cette lettre, qu'un gnôme vient de m'apporter.

LE SYLPHE.

Sais-tu que cela ne sent pas la rose ? Fi ! j'en ai le cœur soulevé.

PETIT POUCET.

Que ces petits sylphes sont délicats ! Lis donc vite... si tu sais lire.

LE SYLPHE.

Je m'en vante. — Qu'est ceci ? Ta lettre est timbrée du bureau des postes d'Herculanum.

PETIT POUCET.

Eh ! sans doute, c'est ce qui fait qu'elle sent le moisi.

LE SYLPHE.

Lisons. (*Il lit à haute voix.*) « Monsieur Petit Poucet,...

PETIT POUCET *l'interrompant.*

Tu observeras qu'on eût dû mettre : Monseigneur ! C'est mon titre, n'ai-je pas raison d'y tenir ? Ce n'est pas, certes, que je sois vaniteux ; bien au contraire. Je me donne toujours pour le plus humble des demi-dieux ; mais c'est justement à cause de cela que je veux être appelé Monseigneur.

LE SYLPHE.

Voilà une fière humilité. Ne m'interrompts plus, Monseigneur ; je reprends : —

« Monsieur Petit Poucet, je suis l'auteur infortuné du
» poëme de Synédise, et je viens solliciter un service. Il
» m'est venu un scrupule, au sujet de cette œuvre véridi-
» que. Or, vous saurez que je suis un homme scrupuleux
» à l'excès, qui reviendrais tout exprès de l'autre monde,
» pour mettre sur un *i* un point oublié, à plus forte rai-
» son pour ne pas laisser vide un intervalle de cent ans
» au beau milieu d'une comédie. Voilà où le bât me blesse.
» Il s'agirait tout bonnement, vous le voyez, de faire
» prendre patience aux spectateurs pendant un siècle.
» Je me déclare, quant à moi, tout à fait incapable de
» ce tour de force ; mais pour vous, je crois que ce serait
» une bagatelle, si vous vouliez vous en donner la peine.
» Daignez donc me venir en aide. Amenez un intermède,
» dont la queue reste cent bonnes années à se dérouler.
» Quelle est la personne qui ne payerait très cher le privilége
» de voir de ses yeux ce qui se passera durant cent ans ? Au
» pis aller, si quelque auditeur s'ennuie, il aura toujours la
» ressource de faire comme Synédise, de s'endormir pour un
» siècle. On tâchera de le réveiller au troisième acte. —
» Je n'ai pas l'honneur d'être connu de vous, illustre Petit
» Poucet ; mais si votre esprit est aussi prompt que vos
» bottes, vous trouverez moyen de me tirer d'affaire. Dans
» ce cas, je vous promets une place d'honneur, parmi les
» saints, peu nombreux, de mon calendrier.

» Votre très dévoué, et très empêché,

» SEPT ÉTOILES. »

PETIT POUCET.

C'est flatteur pour moi, n'est-ce pas ? Je dois passer
pour un très grand génie ; avoue-le.

LE SYLPHE.

Monsieur le grand génie, quel bon conseil attendez-vous de mes petites lumières ?

PETIT POUCET.

A ma place, que ferais-tu pour ce pauvre diable de poète ?

LE SYLPHE.

Ah ! Ah ! il me semble que tes bottes baissent pavillon devant mes ailes.

PETIT POUCET.

Sois sérieux une fois, mon gentil sylphe, et réponds à ton meilleur ami.

LE SYLPHE.

Tu m'attendris, ma foi, et voici ma réponse. L'auditoire me paraît bon enfant ; faisons-lui voir la Lanterne magique.

PETIT POUCET.

Quoi ! pendant cent ans ?

LE SYLPHE.

Pourquoi pas ? Cent ans de vie ajoutés aux années que chacun d'eux tient déjà, cela ne sera-t-il pas joli ? A ce prix, ils consentiront bravement à écouter, et à regarder tout ce que nous voudrons.

PETIT POUCET.

Tu crois ?

LE SYLPHE.

C'est immanquable.

PETIT POUCET.

Et s'ils viennent à s'ennuyer ?

LE SYLPHE.

Eh bien, ils nous planteront là. Nous ne les retiendrons pas de force.

PETIT POUCET.

Mais comment les faire durer eux-mêmes un siècle de plus ?

LE SYLPHE.

Le moyen est simple. Tout le secret consiste à ne pas grandir. Rien n'use la vie comme la croissance.

PETIT POUCET.

Ce cher petit farfadet ! nulle difficulté ne l'embarrasse ; c'est comme moi. Ah ! quelle bonne idée a eu l'auteur de Synédise, de recourir à Petit Poucet. C'est là ce qui peut s'apler un trait de génie. J'avais déjà songé à la Lanterne Magique. Aussi vas-tu m'aider à en faire les honneurs aux aimables personnes de là-bas.

LE SYLPHE.

J'y compte bien. Montrons à ton poète fourbu, que l'obstacle qui l'arrête n'est pour nous qu'un jeu. — Attention, mes belles dames, mes bons messieurs ! Ça va commencer. — Voici d'abord un nouvel arrivant, qui marche d'un pied ferme, comme un soldat s'avançant vers l'ennemi. Il porte des insignes militaires, noircis de poudre. Entendez-vous comme à son approche, le cœur de ce monde bat fortement ? Dors paisible, Synédise, tandis que nous allons compter ces terribles pulsations.

SUNTÉRIC, *arrivant.*

Par ma foi, c'est à tout prendre, un sot métier, que le métier de la guerre. On sait comment on y est entré ; on ne sait pas comment on en sortira. Quant à moi, j'en suis saoul. Je donne pour rien ma défroque à qui la voudra. Va-t'en au diable, casque de malheur, sur lequel les balles ont tant de fois grelé. Cuirasse, qui t'es laissé trouer par plus d'une lance, tu ne comprimeras plus ma poitrine. Toi, mon épée, maintenant tu ne serais bonne tout au plus, qu'à faire une mauvaise scie. Ta rouille de sang me fait horreur. Je te jette à terre, et maudite soit la main, qui t'aiguisera de nouveau. — Ouf ! me voilà libre de mon entrave. Reposons-nous un instant sous ce tilleul. De son feuillage harmonieux il descend jusqu'à moi une senteur qui m'enivre.

PETIT POUCET, *s'approchant de lui.*

On devine que monsieur revient de la guerre.

SUNTÉRIC, *à part.*

Que veut ce bout d'homme ? (*Haut.*) Suis-je connu de vous, mon petit monsieur ?

LE SYLPHE, *à part.*

Attrape !

PETIT POUCET.

Oh ! non, monsieur, Mais comme je suis grand admirateur de la gloire militaire, la plus pure des gloires, à mon avis, j'allais me permettre de vous faire mon compliment.

SUNTÉRIC.

Il n'y a pas de quoi.

LE SYLPHE, *à Petit Poucet.*

Un compliment pour la guerre ! Fi, vous dis-je.

PETIT POUCET, *au Sylphe.*

Tu n'es qu'un enfant.

SUNTÉRIC, *reprenant son à parte.*

D'ici, je vois à l'horizon, la maison de mon père, qui m'attend. Le terme de mes fatigues est là ! Salut, divin palais paternel, abri paisible et sûr. Je n'ai point perdu dans les batailles la clef d'or qui ouvre ta porte. Je vais me diriger vers toi ; rien ne me détournera de ma route. Issu d'une famille malheureuse, je n'imiterai pas mes prédécesseurs. Aucun d'eux n'a su où il allait,

PÉTIT POUCET, *au Sylphe*.

Et lui-même sait-il bien où il va ? Pour commencer, le voilà, je crois, qui s'est assis sur un tombeau ?

LE SYLPHE, *à Petit Poucet*.

De quoi te mêles-tu ? Si on se préoccupait de toute chose, on n'aurait le temps de penser à rien.

PETIT POUCET, *au Sylphe*.

Du reste, tant pis pour lui. Cet homme a si peu de savoir vivre !

LE SYLPHE, *à Petit Poucet*.

Silence donc ! (*Aux spectateurs.*) A présent, que celui qui a des oreilles pour ouïr, entende !

En dehors de la scène une voix mélodieuse de femme chante ce qui suit.

I

Pourquoi veux-tu déjà reprendre le chemin
    De la maison du Père ?
O voyageur, lui seul t'a poussé de la main
    Dans cette route amère,
Et tu n'es maintenant, pour ce père inhumain,
    Qu'une ombre, une chimère.

II

Ne voulant plus te voir, il a ... it de ces bords
    Ton lot et ton asile.
Crois-tu que de nos champs, vers les lieux d'où tu sors,
    Le retour soit facile ?
Va, ne méprise pas les bonheurs, les trésors,
    Que t'offre un sol docile.

III

Tu cours à l'aventure, et tu n'es point armé
    Pour un si long voyage.

Ton corps frêle pâlit, de désirs consumé ;
    Plus pâle est ton visage ;
On sent trembler tes nerfs au moindre bruit, formé
    Par un souffle d'orage.

IV

Ton héritage est beau. Regarde s'agiter
    Les cités bourdonnantes.
Vois, pour te faire honneur, de la terre monter
    Mille fleurs rayonnantes.
Vois ces mâts incertains, penchés pour écouter
    Les brises frissonnantes ;

V

Et la mer qui sourit, belle comme le ciel,
    Et l'air, sa fraîche haleine,
Et le flottant ombrage, et plus doux que le miel,
    Ces fruits jonchant la plaine,
Et jusqu'à ces tombeaux, où de l'être mortel
    Meurt l'espérance vaine.

VI

Prends dans tes bras la terre : Entends-tu pas frémir
    D'amour, sa forte sève ?
Que son sein te retienne, et t'invite à jouir
    De l'heure qui s'achève.
C'est dans son sein, qu'un jour il faudra s'endormir
    D'un doux sommeil sans rêve.

SUNTÉRIC *se levant.*

Il y a dans cette voix une sonorité douce et pénétrante qui m'a gagné l'âme. La chanteuse doit être belle ; je veux la voir. — O toi, qui t'intéresses à un voyageur malheureux, montre-toi à lui. Permets qu'il te contemple, ne fut-ce que pendant la durée d'un éclair. J'ai tant besoin d'être consolé ! Cherchons ; c'est, je crois, de ce côté, que venait la voix. — Hélas ! rien.

PETIT POUCET *à part.*

Oui, oui, cherche ; tu n'es pas encore au bout.

SUNTÉRIC *à part.*

Qui sait si ce petit babillard ne pourrait me renseigner ?
(Haut, s'approchant des deux autres)
Messieurs, ne sauriez-vous point où est la personne qui vient de chanter près d'ici ?

PETIT POUCET.

Une personne, avez-vous dit ? Vous faites erreur ; c'était seulement une voix.

LE SYLPHE *derrière Petit Poucet et ne laissant voir à Suntéric que sa tête.*

Peut-on savoir pourquoi monsieur demande où est la cantatrice ?

SUNTÉRIC.

Je veux la connaître !

LE SYLPHE

Vous n'êtes pas le premier ; mais je vous avertis ; c'est une trompeuse créature, qui, jusqu'à présent, s'est dérobée à toutes les recherches.

SUNTÉRIC.

Voilà un but pour ma vie. Il faut que je la trouve. Dites-moi où vous l'avez vue; n'est-elle pas belle ?

LE SYLPHE.

Je l'ai quelquefois entrevue, et je la crois d'une beauté plus qu'humaine ; mais elle fuit toujours.

PETIT POUCET.

A vrai dire, moi je n'ai fait que l'entendre, et encore pas très distinctement.

SUNTÉRIC *au Sylphe.*

Pourquoi se cache-t-elle ? Parlez, au nom du ciel !

LE SYLPHE.

Quel intérêt y prenez-vous ?

SUNTÉRIC.

Je ne sais. Son chant m'a plu ; elle chantait pour moi.

LE SYLPHE.

Ecoutez ; je dois en conscience vous prévenir qu'il ne fait pas bon s'attacher de cœur à cette Syrène. Je comprends que vous teniez à la connaître. Mais croyez-moi, ne vous donnez pas à elle ; sinon, vous sentirez votre cœur se petrifier en vous.

SUNTÉRIC.

Je vous remercie, et ne m'effraie pas pour si peu.

LE SYLPHE.

Pour si peu, dites-vous ? Ah bien, par exemple ! —Enfin, vous savez à présent ce qui en est; je n'ai plus rien à vous dire.

SUNTÉRIC.

Mais vous-même, sans indiscrétion, mon joli donneur d'avis, qui êtes-vous?

LE SYLPHE.

Je suis Utaï, sylphe, fils de Thémul ; voyez mes ailes.

SUNTÉRIC.

Vous voulez rire ; je ne vois point d'ailes. D'ailleurs, je ne crois pas aux sylphes.

PETIT POUCET *à part.*

C'est naturel ; il croirait plutôt à mes bottes.

SUNTÉRIC.

Un mot encore, je vous prie. Quel est le nom de cette femme ?

LE SYLPHE.

Je l'ignore, et je l'ai surnommée Latéva. — Vous, quand vous l'appelleriez Dieu, cela ne m'étonnerait pas. On voit bien que vous l'adorerez.

SUNTÉRIC.

Qu'en savez-vous ? mais par où a-t-elle passé ?

LE SYLPHE.

Voyez-vous là-bas ce haut cyprès ?

SUNTÉRIC.

Oui.

LE SYLPHE

Un puits est au-dessous.

SUNTÉRIC.

Je sais ; il y a là une mine de fer non exploitée.

LE SYLPHE.

Ce puits communique avec le centre de la terre. Il m'a semblé que votre Latéva s'est perdue dans ses profondeurs.

SUNTÉRIC.

Je l'y suivrai. Je saurai l'atteindre. Que faut-il pour cela ? de la volonté ; un flambeau.

(*Il sort.*)

PETIT POUCET.

Dis donc ; il en est amoureux sans l'avoir vue. Quelle tête !

LE SYLPHE.

Vous n'y entendez rien, l'ami. C'est tout simplement un moucheron qui lui a piqué la cervelle. Cela s'est vu.

PETIT POUCET.

Le puits où tu l'as envoyé, n'est-il pas celui où l'on a caché la Pierre philosophale ? Sa découverte, du moins, le consolerait de ne pouvoir trouver sa chanteuse.

LE SYLPHE.

Quelle chimère ! La Pierre philosophale est brisée ; ses fragments sont épars un peu partout.

PETIT POUCET.

Je soupçonne que tu t'es moqué de ce fou. — Eh ! mais, le voici qui revient. Bon Dieu ! qu'il est pâle.

LE SYLPHE.

Ne lui parle pas. Attendons qu'il s'approche.

PETIT POUCET.

Lui parler ! Je n'ai garde. Il me fait presque peur.
SUNTÉRIC *s'avance et les regarde, puis dit à voix basse.*
Pourquoi ne m'avoir pas dit qu'il était là, lui ?

PETIT POUCET.

Qui est-çà, lui ?

SUNTÉRIC.

Lui, vous dis-je : lui qui m'obsède ; lui qui me guette ; lui, qui se dresse au milieu de tous mes chemins. — (*Se tournant vers le fond.*) Eh ! tenez ; regardez ce qui s'avance là ! Le voyez-vous ?

PETIT POUCET, *à part.*

C'est qu'il vous donne le frisson. (*Se tournant du même côté.*) Qu'est-ce donc qui l'épouvante ? je ne vois qu'un personnage richement vêtu, qui se dirige de ce côté. Son air est haut et grave. Mais, après tout, il me fait l'effet d'un saint, moins l'auréole. Voyez donc, si l'on se laissait effrayer comme ce poltron-là !

8

LE SYLPHE, *qui regardait aussi.*

Miséricorde ! qu'ai-je vu !

PETIT POUCET, *passant derrière et reculant ainsi que lui.*

Hé ! qu'as-tu vu ? dis donc vite, cher petit ! mon sang se fige.

LE SYLPHE. *à Petit Poucet.*

Ce personnage que tu prends pour un saint...

PETIT POUCET.

Eh ! bien ?

LE SYLPHE.

C'est un vampire !

PETIT POUCET.

Nous sommes perdus !

(Il se cache.)

SUNTÉRIC.

Vous moquez-vous ? je ne crois pas aux vampires, moi, pas plus qu'aux sylphes. Celui-ci n'est qu'un être un peu vieux, qui ne veut pas me lâcher, et qui parfois me pèse comme un cauchemar.

LE SYLPHE.

Ah ! pauvre homme, que je te plains ! mais n'as-tu jamais tenté de lui échapper ?

SUNTÉRIC.

De lui échapper ? ah ! vraiment ! je vous dis que c'est impossible. Il est toujours après moi, tantôt calme et muet, tantôt impérieux et colère. Je ne puis faire un pas en avant, que je ne retrouve, campé comme une borne, cet obstiné qui me barre le passage. Aujourd'hui, je n'y songeais pas, quand tout à coup j'ai senti qu'il se traînait derrière moi. Son souffle m'a paralysé. Je n'ai plus eu de force, que pour revenir en arrière. A présent, il est là, me couvant du regard ; il ouvre la bouche ; il veut qu'on l'écoute.

LE VAMPIRE, *derrière la scène.*

Où allais-tu loin de moi ? Oublies-tu que le moindre pas
hors de ma présence, serait funeste à ta faiblesse? Tu né
saurais marcher, qu'en te prenant à mon manteau, car une
lumière surnaturelle m'éclaire dans l'ombre. Viens te ras-
seoir en silence à mes pieds ; je suis ton maître, et tu n'as
été créé que pour moi ; sans moi, tu ne serais déjà plus rien.

LE SYLPHE.

Il parle, ce me semble, un peu haut.

SUNTÉRIC.

C'est son habitude. Il n'entend personne, et n'écoute que
sa propre voix.

LE SYLPHE.

Quel jaloux ! Il ne veut ni faire, ni laisser faire. Ce qui
me paraît clair dans tout cela, c'est que, pour avoir la paix,
tu vas t'accommoder encore avec lui, et en passer par ce
qu'il voudra.

SUNTÉRIC.

Non ! oh ! non ! mais toi, par pitié, par grâce, prouve-moi
que tu es, en effet, plus qu'un homme, un Génie.

LE SYLPHE

Comment cela , voyons?

SUNTÉRIC.

Sauve-moi de sa poursuite. Emporte-moi sur tes ailes, si
tu en as. Que je plane au haut des airs ! que mes regards
plongent dans l'abîme, où se cache Latéva !

LE SYLPHE.

Le désires-tu tout de bon?

SUNTÉRIC.

Je t'en supplie.

LE SYLPHE.

J'ai tort peut-être de te céder ; mais je ne sais pas résister à une prière.

SUNTÉRIC.

Je t'adorerai comme un Dieu.

LE SYLPHE.

Il paraît que chacun aura son tour. — Mon cher, t'emporter sur mes ailes, n'est pas en mon pouvoir ; mais suis-moi ; je t'indiquerai une autre route vers le cyprès ; et puis, si tu conquiers Latéva, songe à rester maître de toi-même.

SUNTÉRIC.

O Latéva ! Latéva ! Reine à la voix mélodieuse ! j'irai le premier vers ta retraite solitaire ! J'irai à la clarté du jour, comme aux lueurs de la lampe souterraine, et je t'embrasserai sur le sein de la terre, ma mère. — Toi, mystérieux génie, conduis-moi ; fais ton office. Le mien est de te suivre d'un pas intrépide. —Mais, auparavant, dis , sais-tu quel est le vent qui souffle ?

LE SYLPHE.

C'est le vent du bonheur. Apprends à être heureux.

SUNTÉRIC.

Heureux ? je le serai. Latéva m'aimera.

LE SYLPHE.

Viens ; je m'accommoderai à ton pas. Cependant, quand on porte des ailes, il est fâcheux de ne pas s'en servir. (*ils sortent tous deux*).

PETIT-POUCET *reparaissant.*

Je n'entends plus rien. — Eh ! bien, où sont-ils ? Utaï m'aurait-il planté là tout seul, dans un lieu si mal fréquenté ! Ces follets sont si légers ! Oh ! oh ! plus de vampire ! non, ma foi ! il n'y est plus. Bon débarras. Qu'il aille au diable, et qu'il y reste ! — Eh ! serait-ce pas mon sylphe, que j'aperçois près du puits, faisant miroiter au soleil ses ailes de gaze ? c'est lui-même. Et voici notre voyageur qui le suit à la piste, enjambant, en vrai fou qu'il est, les cases noires et blanches de l'échiquier de ce monde. Quelle allure enragée ! il écrase sous ses pieds, sans les voir, toutes les fleurs de la terre. On ne peut pas dire que le chemin en devienne plus beau. Je me doute que cet homme pourrait bien être enfiévré d'amour. Qu'en dites-vous, messieurs et dames? n'ai-je pas mis le doigt dessus ? c'est, je pense, un mal héréditaire, dont il aura grand'peine à guérir, ainsi que vous. Car, bon Dieu! il y a tant de charitables personnes, qui ont intérêt à vous voir malades, sans parler des médecins. — Ah ! le pélerin joindra bientôt son guide. Il aurait eu bon besoin de bottes comme les miennes, pour cette promenade de casse-cou.

LE SYLPHE, *paraissant au fond près du puits.*

J'y suis. Tu vas y être, mon homme ; ne perds pas de vue mon aigrette étoilée ; franchis ce ravin. Bien ! traverse le torrent. Très bien! Grâce au ciel, et un peu à moi, tu arrives. Mais quel abattis de fleurs partout où tu as passé ! je ne crois pas qu'une seule reste debout. C'est très fâcheux. Les fleurs, quoi qu'en dise le vulgaire, ne sont pas *un vain ornement du chemin.* — A présent, t'y voilà. Courbe-toi sur le puits; regarde ; elle doit être là. Entre celle qui se cache encore, et celui qui cherche toujours, la distance va sans cesse diminuant.

SUNTÉRIC *arrivé près d'Utaï, et s'asseyant.*

Oh ! que je suis las ! j'ai besoin, Esprit de feu, que tu m'aides à élargir cet orifice,

LE SYLPHE.

Je t'ai mené ici ; je te conseillerai ; mais je ne puis faire plus. — Courage !

SUNTÉRIC *se redressant.*

Courage donc ! — Mon Dieu ! quelle est cette image qui se montre là bas, là bas au fond ? — Hélas ! ce n'est que la mienne. — Latéva ! divine inconnue, m'entends-tu ? Lève la tête. Aie pitié de l'homme qui t'appelle. Tout autre objet que toi est banni de ma pensée.

LE SYLPHE, *à part.*

L'avais-je pas dit ? il y vient. (*Haut.*) Si tu veux réussir, cesse de roucouler de la sorte. Toute rêvasserie est malsaine. Ne te fie qu'au travail. Ecarte ces pierres qui obstruent l'ouverture.

SUNTÉRIC, *travaillant.*

Roulez au loin, barrières ! mur, écroule-toi !

PETIT POUCET.

Oh ! comme tout change aux environs ! comme le bleu de l'eau se fait triste !

LE SYLPHE, *à Suntéric.*

Travaille ! travaille ! car, voilà que le jour est sur son déclin, et le soir commence à brunir.

SUNTÉRIC.

Pourquoi s'en inquiéter ? tu allumeras ton flambeau. Je continuerai, comme si de rien n'était.

PETIT POUCET, *au Sylphe.*

Ton homme est un peu philosophe, sais-tu ?

SUNTÉRIC.

Viens vite près de moi, mon guide. Fixe tes regards sur ce point. Ce que je distingue dans l'obscurité du fond, est-ce une illusion, ou une réalité ? J'ai peine à parler, tant je suis ému. Il me semble qu'en bas, un reflet lointain du jour s'est posé sur deux grands yeux qui me regardent. Profitons de l'absence de mon persécuteur. Donne une torche, une lumière quelconque ; je descendrai.

LE SYLPHE, *qui s'est incliné au bord.*

Ce n'est pas toi que ces yeux regardent ; quel mortel pourra lire jusqu'au fond de ce regard ?

SUNTÉRIC

Ce sera moi. Sont-ce point les yeux de Latéva ?

LE SYLPHE.

Peut-être; mais si tu descends, elle fuira. Il est des moyens plus sûrs, et moins périlleux, pour l'attirer doucement vers nous.

SUNTÉRIC.

Que ne le disais-tu.

LE SYLPHE.

Essaie si elle n'aimerait point les chansons, et le son de la lyre. Tu sais chanter ?

SUNTÉRIC.

Je l'ai su ; j'étais jeune alors. Il y a beau jour que je l'ai oublié.

LE SYLPHE.

C'est un malheur.

SUNTÉRIC.

N'oublies-tu jamais, toi ?

LE SYLPHE.

Rarement; ma pensée est un alambic, où toute essence demeure.

SUNTÉRIC, *à Petit Poucet.*

Vous, monsieur le petit curieux, prêtez moi vos bottes pour descendre.

PETIT POUCET.

Moi! mes bottes! Eh bien, il n'est pas gêné! que ne prenez-vous plutôt' les ailes de monsieur ?

SUNTÉRIC.

Des ailes, pour aller au fond d'un puits ! vous ne savez ce que vous dites. Que faire, cependant pour tirer Latéva de ces ténèbres ? N'ai-je rien à moi, qui puisse la tenter? Ah ! voici la clef de la maison de mon père. Elle est d'or pur. Je la lui offrirai. Celui que je nommais mon père, m'a trompé ; ou s'il ne m'a trompé, il ignore ce que je veux savoir. — Tiens, Latéva! je te la sacrifie de grand cœur.

LE SYLPHE *à part*.

O Synédise! il se passe de belles choses, durant votre sommeil. Durera-t-il longtemps encore ?

SUNTÉRIC, *courbé sur l'orifice*.

Elle monte ! elle monte! voilà déjà sa chevelure. Voilà son front de neige ! Voilà les deux arcs de ses grands sourcils ! Mais, ô désespoir ! je la vois retomber, et disparaître dans l'ombre. Latéva ! qui donc te chasse encore loin du jour, et loin de mes yeux? Ah ! malédiction ! elle m'échappe!

LE SYLPHE.

Tu l'as aperçue. Restes-en là, si tu es sage,

PETIT POUCET, *au Sylphe*

Oui ; mais il est en révolte ouverte contre la sagesse, et il fera toujours des siennes, et il pourrait bien avoir tort ; car, à quoi sert la révolte des fous ?

SUNTÉRIC, *assis sur un bloc de pierre*.

Toutes les choses de la nature me sont odieuses à voir. Le monde, sans Latéva, n'a que de mornes sourires. Cette voûte, là-haut, qui ne semblait faite que pour la lumière, est devenue grise et menaçante. Les ombres du soir me découragent.

PETIT POUCET, *se rapprochant de lui.*

Monsieur le voyageur, ne vous laissez point abattre. Votre fantôme s'est retiré. Qui donc vous empêche de rire comme moi ? Ce qui importe avant tout, c'est le manger et le jouir.

LE SYLPHE, *le ramenant sur le devant.*

Tais-toi donc, vrai chat botté ! ne vois-tu pas que tes consolations l'excèdent, et qu'il pourrait bien t'envoyer..... promener.

SUNTÉRIC.

Je veux, las du voyage,
Me perdre pour toujours
Aux plis d'un mont sauvage,
Et là, seul, sous l'ombrage,
Finir mes tristes jours,

Loin des cris de ce monde,
Loin des bruyants chemins,
Par où s'écoule et gronde,
Comme une mer profonde,
La foule des humains.

Sous le roc qui s'émousse,
Je veux un toit penchant
Tout velouté de mousse,
Sur une pente douce
Inclinée au couchant.

Et tandis que l'haleine
Du turbulent soleil
Versera sur la plaine,
Comme d'une urne pleine,
Le jour chaud et vermeil,

L'ombre de la montagne,
Fidèle à ma maison,
Et la paix, sa compagne,
Garderont la campagne
Qui fait mon horizon.

Là, ma sombre indolence
Aura son petit coin.
Des pins, au dôme immense,
D'un réseau de silence
L'abriteront au loin.

Quand la bise d'automne
Fera frémir les monts ;
Quand le bois qui frissonne,
A son bruit monotone
Joindra d'étranges sons,

Mes regards, où se noie
Le dernier feu du jour,
S'étendront avec joie
Sur l'herbe, qui verdoie
Tristement, à l'entour.

PETIT POUCET, au Sylphe.

Le pauvre diable a de bons moments. Par bonheur, cela
dure peu. Il est né pour être malade et fou. Or, quoi qu'en
dise le gros sens commun, la folie seule est amusante.

LE SYLPHE, à Suntéric.

Tu serais, je pense, bien attrapé, si l'on te prenait au mot.
Que ferais-tu dans un désert, sinon te ronger d'ennui ? Il
est, pour une âme forte, d'autres enseignements à recueillir
dans le monde. Vois cette Rose blanche, la seule fleur qui
survive, la plus pure, la plus noble de toutes. Elle se balance
sur sa tige, et se penche doucement vers toi, pour un dernier

adieu. Elle veut parler, avant de se flétrir. Ne l'écouteras-tu
point ? son chant te soulagerait.

SUNTÉRIC.

Autrefois, je ne dis pas. J'aurais pu deviner son langage.
A présent, je ne l'entends plus.

LE SYLPHE.

Permets-tu que je te le traduise ? Je suis très familier avec
cette Rose, et je saisis tout ce qu'elle veut dire.

SUNTÉRIC.

Soit. Rends-moi fidèlement ses paroles. Elles m'instrui-
ront peut-être de ce que j'ignore.

PETIT POUCET, *aux spectateurs*.

Ecoutons ce que va chanter la dernière de nos fleurs. Il
est possible que cela vous soucie fort peu. Au fait, jamais
chanson ne valut une alouette..... rôtie.

> (*Suntéric s'est assis non loin de la Rose, à
> côté de laquelle le Sylphe se tient debout.
> Petit Poucet est sur le devant, à l'écart.*)

LA ROSE BLANCHE.

I

Je vais mourir ce soir, je le sais ; mon calice
Languit ; l'âge me pèse, et fait plier mon col.
La ride me flétrit ; ma corolle se plisse,
    Pendante vers le sol.

Tout me dit que de moi la mort s'approche, et pose
Le terme de mes jours ; mes jours ont bien duré.
Je ne murmure pas, mon Dieu ! la pauvre Rose
    N'a jamais murmuré.

Mais qu'il me soit permis, à ce moment suprême,
Un aveu, le dernier, le seul ! Et puisse Dieu,
Qui m'a jetée ici, que je crains et que j'aime,
    Pardonner cet aveu.

S'il m'eût fait voir, avant de m'appeler à naître,
Mon sort futur, j'aurais, repoussant l'avenir,
Prié Dieu de laisser à tout jamais mon être
    Dans son germe dormir.

II

Cependant, il a fait beaucoup pour moi, sans doute,
Pour moi, sa préférée, œuvre fragile, hélas !
Moi, qui suis, par sa loi, que le monde redoute,
    Souveraine ici-bas ;

Moi, sa fille, et qu'il a formée à son image ;
Qu'il voulut entourer d'un charme saint et doux,
Rayon tombé du ciel, pour m'attirer l'hommage
    De ce monde jaloux.

Aussi, la terre en chœur m'a salué sa reine.
Le soleil me caresse, et me rit tout le jour.
Les zéphirs, allanguis par ma subtile haleine,
    Vont, me priant d'amour.

La nuit pose sur moi ses perles, douce pluie :
De la nature, enfin, le tyran redouté,
L'homme qui juge tout, m'admire, et porte envie
    A ma chaste beauté.

III

Mais parmi les fleurons de ma blanche couronne,
Point n'était le bonheur. Tantôt un vent fatal
Me ployait éperdue, et secouait mon trône
    D'un coup d'aile brutal.

Tantôt, c'était le tour du pesant scarabée.
Puis, l'araignée horrible, en ses nœuds m'enlaçant,
Salissait, accroupie et de fiel imbibée,
    Ma robe avec du sang.

Parfois un ennemi venu dans l'ombre obscure,
S'accrochait, invisible, à mes pavillons d'or,
Et jusque dans le cœur m'enfonçait sa piqûre,
    Dont je frissonne encor.

Souvent même, d'horreur j'ai frémi, sans me plaindre,
Sous une haleine impure. Ainsi l'emploi final
De ma vie innocente, hélas ! était de craindre
    Ou de souffrir le mal.

IV

Mais le mal va finir avec cette existence.
Oui ; ce n'est pas en vain que j'ai tant supporté.
Le Dieu bon m'a donné l'espoir, la conscience,
    De l'immortalité.

Et tandis que la mort, soufflant la froide bise,
Va briser ma corolle, ouverte aux vents du ciel,
L'autre part de moi-même, où la mort n'a point prise,
    L'être immatériel,

Cet atôme idéal de la divine essence,
Mon parfum, esprit pur, âme de l'humble fleur,
Montera vers sa source. O fidèle espérance,
    Charme de ma douleur,

Tu ne tromperas point celle que tu consoles.
Je vais, libre bientôt de mon lien mortel,
Refleurir près du Dieu, qui seul a les paroles
    Du bonheur éternel.

           SUNTÉRIC.

Est-ce là tout ?

LE SYLPHE.

La Rose a dit ce qu'elle avait à dire. La voilà qui meurt.

(*La rose s'effeuille.*)

SUNTÉRIC.

Heureuse, du moins, d'avoir pu, à sa dernière heure, exprimer la pensée de sa vie.

LE SYLPHE.

Adieu, Rose, l'honneur, le charme de la nature. Adieu ! tu n'épureras plus notre air de ton odeur suave. Je crois à tes paroles, fleur céleste. Dieu avait composé de deux substances ton être délicat. La mort, tu l'as dit, n'a point de prise sur ce qui vient directement de Dieu.

SUNTÉRIC.

Voilà ce qu'on peut appeler un raisonnement correct. Je vais te fournir, moi, des preuves à l'appui, et tu seras content. Porte ici les débris de la rose.

LE SYLPHE, *les apportant sur la table près de laquelle Suntéric est debout.*

Les voilà. (*A part.*) Ceci va mal.

SUNTÉRIC.

N'aie pas peur. (*A Petit Poucet.*) Toi, messager, donne vite une Lentille solaire.

PETIT POUCET, *s'empressant.*

Tout de suite, maître. Choisissez. (*Au Sylphe.*) Gageons qu'il va brûler ta Rose. Oui ! Il la brûle !

SUNTÉRIC, *brûle à la lentille solaire les pétales de la Rose, et dit au Sylphe.*

Avance. Penche-toi sur cette cendre éteinte. Agite-la. Où est le parfum qui faisait l'orgueil de ta fleur mourante ?

LE SYLPHE.

Ce n'est là qu'une poussière aride. Il n'y a plus même de la fumée. L'essence n'est plus là.

SUNTÉRIC.

Mon cher, ta Rose n'en savait pas plus que moi. Renonce aux enfantillages. Ceux qui sont morts, sont morts.

PETIT POUCET, *à part.*

Je suis, parbleu, de son avis. Mais il me paraît évident que l'âme de ce pélerin a moins de parfum qu'une Rose.

SUNTÉRIC.

Faites silence ! ne vous semble-t-il pas que la terre tremble ?

PETIT POUCET.

Je sais ce que c'est, moi, messieurs. L'ébranlement vient d'un pays où j'étais ambassadeur, et il signifie que les royaumes du Rêve sont en désarroi. Le Roi Jaël, et sa femme, les amis des fées, sont morts il y a quelque temps, sans laisser de postérité. On a élu roi l'avocat Viercep, et c'est l'établissement de la dynastie nouvelle, qui cause ce petit remue-ménage.

SUNTÉRIC.

Des guerres, peut-être ?

PETIT POUCET.

Peu de chose. On s'entr'égorge, il est vrai ; mais c'est uniquement pour mieux s'entendre, et pour bien se mettre d'accord.

SUNTÉRIC.

Voilà qui est horrible. C'est donc toujours à recommencer !

LE SYLPHE.

Comment n'en serait-il pas ainsi ? Le désordre se perpétue. Là est le vampire qui poursuit ; ici Latéva qui attire ; et brochant sur le tout, Creiphysio, la grande araignée, dont tu n'as pas même l'air de te douter.

SUNTÉRIC.

Qu'ai-je à faire d'une araignée, grande ou petite ? Je suis libre. Mon tyran a perdu ma trace. Je suis maître de moi. — Latéva, reçois mon serment et mon hommage. A toi, par ma pensée, par mon cœur, pour le temps présent, pour l'avenir, si j'en ai un, à toi j'engage tout mon être, quel qu'il soit. Je t'appartiens.

PETIT POUCET, *à part.*

C'est là un drôle de corps. Il se dérobe à celui-là, pour se livrer à celle-ci ; et celle-ci, peut-être, ne vaut pas mieux que celui-là. Baste ! un clou chasse l'autre.

LE SYLPHE, *à Suntéric.*

Sois content, malheureux. Voici venir celle à qui tu appartiens, celle que tu as évoqué.

SUNTÉRIC.

Pourquoi le soleil couchant s'est-il éclipsé ? Où est-elle ?

LE SYLPHE.

Tu la cherches autour de toi, insensé ; vois sa tête colossale, qui déchire le ciel. Vois son ombre sur ton horizon.

Une ombre gigantesque de femme se dessine sur le fond et passe lentement

SUNTÉRIC.

Je veux l'entendre. — Parle, Déesse !

UNE VOIX.

Je suis la puissance. Je suis le repos. Je suis la victoire.

SUNTÉRIC *au Sylphe, après un silence,*

Esprit, sauve-moi du néant !

LE SYLPHE

L'heure passe ; l'heure est passée.

ACTE TROISIÈME.

Une clairière dans une forêt. Tout au fond, à un très grand éloignement, par dessus la cime feuillue d'un massif d'arbres de haute futaie, s'élèvent deux tours noires. Sur le devant de la scène, à droite du spectateur, est une cabane en bois, recouverte de chaume, et dont la porte et une fenêtre basse ouvrent sur le théâtre. A côté de la porte est un banc de planches vermoulues, devant lequel est une table. Çà et là dans la clairière sont des fagots de branches et maints tas de charbon. Un vieux CHARBONNIER et ses trois compagnons, JEAN, PIERRE et PAUL, sont en scène. Le maître est assis près de la table et boit. Les trois ouvriers s'occupent au charbonnage.

LE CHANT DES CHARBONNIERS.

PIERRE.

Dès le matin j'ai la face baignée
        D'une épaisse sueur.
Du charbonnier, la compagne, la sœur,
        C'est sa cognée.
        La voyez-vous qui mord,
    Qui frappe au cœur, qui blesse à mort,
    Ces verts géants, ces rois de la bruyère,
Dont le moindre est plus fort que cent hommes de guerre?
    La voyez-vous, qui les couche par terre?

CHŒUR DES TROIS OUVRIERS.

        Noir est le travail ;
        Trop longue est la vie.
        Ma philosophie
        Sent le vin et l'ail.

PAUL.

O ma cognée, oui, tu régnes dans l'ombre.
        Oui, quand tu vois trembler,
    Demander grâce, et sur le sol rouler
        Le chêne sombre,

9

Tu frémis sous mes doigts,
Tu siffles d'aise aux cris du bois;
Puis l'arbre entier, vieux tronc, feuillage tendre,
Sur les vastes brasiers où tu l'as fait descendre,
Devient charbon et misérable cendre.

CHŒUR DES TROIS OUVRIERS.

Noir est le travail ;
Trop longue est la vie.
Ma philosophie
Sent le vin et l'ail.

PIERRE.

Je n'aime point les hommes de la ville ;
Je n'en suis point aimé.
Si, vers le soir, sous le dôme fermé
Du bois tranquille,
Passe un couple amoureux,
Ou quelque pâle songe-creux,
La peur les suit, quand, surpris au passage,
Près d'eux ils ont vu luire à travers le feuillage
Mes deux yeux blancs, sur mon sombre visage.

CHŒUR DES TROIS OUVRIERS.

Noir est le travail ;
Trop longue est la vie.
Ma philosophie
Sent le vin et l'ail.

PAUL.

Mais quelquefois, sous la chênaie ombreuse,
La fille du hameau,
Vive et mignonne ainsi qu'un passereau,
Fut moins peureuse.
Et plus d'une au détour
De ce bois, mon discret séjour,

Ternit un peu la fraîcheur de sa robe.
Il n'est de vrais plaisirs, sinon ceux qu'on dérobe.
Ah! que de maux, pour un gars doux et probe!

CHŒUR DES TROIS OUVRIERS.

Noir est le travail ;
Trop longue est la vie,
Ma philosophie
Sent le vin et l'ail.

PIERRE.

Des trafiquants, aux deux bouts de la terre,
S'élancent bravement
Pour arracher du sol le diamant,
Royale pierre.
Je me ris de ces fous ;
Car mon charbon, sachez-le tous,
Est diamant, du plus pur, du plus rare.
Mais moi, de ce trésor, je ne suis point avare ;
J'en tiens boutique à deux sous, franc de tare.

CHŒUR DES TROIS OUVRIERS.

Noir est le travail ;
Trop longue est la vie.
Ma philosophie
Sent le vin et l'ail.

PAUL.

Mon beau charbon, tu vaux ton prix en somme,
Car il n'est sous les cieux,
Rien de plus vil, ni de plus précieux,
Si ce n'est l'homme.
L'homme est-il pas vraiment,
Cœur charbon, esprit diamant ?
Mais ma chanson meurt sous la forêt sourde.
Il est temps d'alléger le ventre de ma gourde.
A moi le vin, quand la chaleur est lourde.

CHŒUR DES TROIS OUVRIERS.

> · Noir est le travail;
> Trop longue est la vie.
> Ma philosophie
> Sent le vin et l'ail.

LE CHARBONNIER, *toujours assis.*

Ohé ! garçons ! ohé !

JEAN

Eh bien ! maître ?

LE CHARBONNIER.

Eh bien ! ne chantez plus !

PIERRE.

Pourquoi cela, bourgeois ?

LE CHARBONNIER.

Parce que... parce que cela trouble mon breuvage.

PAUL.

Voyez-vous ça !

LE CHARBONNIER.

Certainement ; du reste un espion n'aurait qu'à vous entendre, et à rapporter la chose à notre vieille reine Pyroxie.

PIERRE.

Quel mal y a-t-il à chanter ?

LE CHARBONNIER.

Imbécile !

PIERRE.

Hein ?... vous me dites imbécile ?

LE CHARBONNIER.

Oh ! c'est comme si j'avais dit : mon camarade ! c'est tout un. (*A part.*) Est-il rageur, celui-là ! (*Haut.*) Vois-tu bien, si la reine venait à savoir que tu chantes, elle irait s'imaginer que nous sommes tous contents.

PIERRE.

Et puis ?

LE CHARBONNIER.

Et puis ! Et puis ! (*A part*.) Comment raisonner avec un être si bouché ! (*Haut*.) Tu ne seras jamais diplomate, mon garçon !

PIERRE.

Je l'espère bien ; mais ce n'est pas là répondre.

PAUL.

Il a raison. Pourquoi ne faut-il pas que la reine nous croie contents ?

LE CHARBONNIER.

Tenez ! avec vos questions saugrenues, vous me feriez devenir stupide.

PAUL, *ricanant*.

Rien à faire sous ce rapport, maître.

LE CHARBONNIER.

Allez au diable !

JEAN.

Ne vous faites donc pas de mauvais sang comme ça, maître. Qui songe à vous chamailler ?

LE CHARBONNIER.

Un bon charbonnier ne doit pas dire plus de quatre mots par an.

PAUL.

C'est encore quatre fois plus qu'un âne.

PIERRE, *aux deux autres compagnons*.

Voulez-vous que je vous dise, moi, ce que le patron entendait, relativement à la reine ?

LE CHARBONNIER.

Qui te le demande, à présent ? Ne sais-tu pas que ces arbres ont des oreilles ?

PAUL.

Nous sommes ici pour les leur couper. Conte, conte-nous la chose, toi ?

JEAN, *allant au maître.*

Laissez-les faire, cher maître ; il n'y a pas grand mal à tout cela.

LE CHARBONNIER.

La peste les crève ! et toi aussi !

PAUL, *à Jean.*

Empoche-moi ça !

PIERRE.

Le bourgeois voulait dire bonnement que notre reine Pyroxie est si méchante, si méchante...

LE CHARBONNIER.

La reine méchante ! Mais du tout, du tout ! Ai-je dit cela grand Dieu ! ces arbres sont témoins que non.

(Il se bouche les oreilles.)

PAUL.

Ils sont témoins de bien d'autres choses, et ils n'en disent jamais rien.

PIERRE.

Pardieu, le roi Viercep, notre sire, aurait bien mieux fait de rester veuf, que de prendre pour seconde femme une princesse comme madame Pyroxie.

PAUL.

De fait, plus vieille que lui ; et pas précisément une Vénus.

JEAN.

D'accord, mais elle est si riche, dam !

LE CHARBONNIER, *à part.*

Il a raison, ce dernier. Quatre tonnes pleines d'or pour sa dot; avec cela, on épouserait le diable.

PAUL.

C'est cela même; n'a-t-on pas ouï dire qu'elle était un peu... un peu sorcière?

LE CHARBONNIER.

Sa Majesté, sorcière! pas plus que moi.

PIERRE.

C'est juste! vous n'êtes pas sorcier, patron, ni la reine non plus, peut-être; mais on dit encore qu'elle est de race ogresse.

JEAN, *se rapprochant.*

Pour moi, je n'en savais rien.

LE CHARBONNIER.

Pour moi, je n'en veux rien croire.

PIERRE.

L'autre dimanche, quand j'allai à la ville, on m'a raconté... (*Il s'arrête et regarde autour de lui.*)

PAUL.

Des bêtises, quoi!

Le Charbonnier, Jean et Paul se groupent autour de PIERRE *qui continue :*

Possible! mais toute reine qu'elle est, je n'en voudrais pas pour ma femme.

PAUL.

Bah! Est-ce qu'un ouvrier charbonnier doit avoir peur d'une femme quelconque?

JEAN.

D'une reine, surtout.

PIERRE.

Ah ! vous trouvez, vous autres! Savez-vous bien que Sa
Majesté Pyroxie, quand vient le soir, rôde seule dans
les cours et basses cours du palais !

LE CHARBONNIER.

Mais voilà une promenade fort innocente. Qu'a-t-on à
redire là.

PIERRE.

Attendez ! on la voit alors s'arrêter sous les fenêtres d'en
bas. On l'entend renifler à faire trembler la maison, et elle
flaire partout comme une hyène.

JEAN.

Miséricorde !

PIERRE.

Et voici le plus fort : l'on a souvent observé que, dans
la journée, elle jette de mauvais regards sur les petits enfants, qui s'offrent devant ses pas.

PAUL.

J'ai bien fait d'être charbonnier. Je ne lui donnerai pas
dans l'œil.

LE CHARBONNIER, à *Paul.*

Tu ris des choses les plus sacrées, toi. Cela te portera malheur. Tu verras !

PIERRE.

Celui que je plains le plus, c'est le fils du Roi, le brave
prince Juaner, l'enfant de la première Reine. On sait positi-
vement que sa marâtre le déteste.

JEAN.

Ça ne se peut pas. Elle n'a point d'enfants ; moi, j'ai toujours de la peine à croire le mal.

PAUL, *à part.*

Benêt, va ! (*Haut.*) Aussi notre jeune prince passe-t-il presque tout son temps à la chasse.

PIERRE.

Dites donc, bourgeois. Les choses allaient-elles aussi bien, du temps de votre jeunesse ?

LE CHARBONNIER.

Eh ! quand j'étais jeune, les arbres étaient déjà bien durs, et l'argent bien léger à la course. Ne l'attrapait pas qui voulait. Mais mon grand'père me parlait d'un temps, où le bonheur pleuvait sur ce pays, comme la rosée sur la terre au mois de mai.

PAUL.

C'était le temps des fées, pas vrai ?

LE CHARBONNIER.

Sans doute, mécréant. Le temps des bonnes fées. Il régnait sur ce royaume un roi protégé de ces Dames, et une reine qui ne méprisait pas les pauvres gens. Aussi, plantes, bêtes et gens, tout prospérait. Par malheur, ils sont morts sans laisser d'héritiers, et... et...

PIERRE, *riant.*

Et le diable s'est emparé de l'héritage. C'est ce que vous voulez dire, maître ?

LE CHARBONNIER.

Non ! mille fois non ! enragé contrediseur ! Le trisaïeul du roi régnant, le grand Viercep Ier, qui succéda à ce bon prince, était, dit-on, un honnête homme.

PAUL.

Bah ! c'est du superflu, pour un roi.

JEAN.

Taisez-vous donc, les autres ! je vois venir sous bois...

LE CHARBONNIER, *effrayé*.

Quoi donc ? Un ours ?... un loup ?...

PAUL, *regardant*.

Pas tout à fait. C'est le prince Juaner, notre jeune maitre.

FIERRE.

Alors c'est un lion. Voyez quelle bonne mine.

LE CHARBONNIER.

Et son inséparable, son compagnon d'enfance, l'estimable seigneur Govacer.

(Entrent Juaner et Govacer en costume de chasse.)

JUANER.

Bonjour, braves gens.

LE CHARBONNIER ET JEAN.

Vive le Prince ! Vive son Altesse !

JUANER, *à Govacer*.

Les y voilà ! au diable les vivats ! C'est fastidieux !

GOVACER.

C'est leur manière de vous dire bonjour.

JUANER, *allant vers Pierre et Paul*.

En voici deux qui m'ont salué sans crier. Je suis tenté de les remercier.

PIERRE.

Si l'on n'a pas crié vive votre Altesse, on ne vous en est pas moins dévoué, car vous êtes bon et brave, vous !

PAUL.

Car vous soulagez les petits qui souffrent, et Dieu vous a mis dans les yeux quelque chose qui fait aimer.

PIERRE.

Et s'il ne fallait que se faire tuer, pour vous prouver qu'on vous aime !...

PAUL.

Et s'il vous plaisait mettre à l'épreuve notre zèle pour votre personne sacrée, ô cher Prince!...

GOVACER, *au prince.*

Ah! Juaner, voilà, sur mon âme, deux dignes garçons!

JUANER, *à Pierre et à Paul.*

Parbleu! si vous m'aimez, il y a sympathie entre nous. Car, malgré le noir qui vous couvre le visage, votre physionomie me revient, et je veux vous serrer la main en signe d'affection.

PIERRE.

A nous, monseigneur?

JUANER, *gaîment.*

A moins que vous ne me refusiez.

PAUL.

Nous, salir votre main royale, avec notre patte de charbonnier!

JUANER.

Eh! donnez donc, pauvres niais. Dirait-on pas qu'ils parlent à une demoiselle!

(*Il leur secoue la main.*)

GOVACER, *aux deux compagnons.*

N'ayez souci de votre avenir, mes jeunes gars. Vous aimez le prince. J'aurai souvenir de vous.

JUANER, *se tournant vers le maître charbonnier.*

Oh! la drôle de figure! regarde donc, Govacer.

LE CHARBONNIER, *s'inclinant jusqu'à terre.*

Ah! que Monseigneur est bon de me trouver drôle! que je suis content de l'amuser.

JUANER.

Ce qui m'amuserait encore plus, à présent, mon brave homme, ce serait un morceau de pain et du fromage, ou n'importe quoi. Mon ami et moi, nous nous sommes écartés du gros de la chasse, et nous n'avons gagné pour tout gibier, que beaucoup de fatigue, et une faim de loup.

LE CHARBONNIER.

Ah ! bon Dieu ! du fromage à son Altesse ! Un prince manger du fromage !

JUANER.

Fort bien. Je fais comme le corbeau. Je mange mon fromage moi-même. Un peu de piquette avec cela, si vous en avez, et je me régalerai comme un roi. Viens çà, Govacer. Voici une table et un banc, qui sont là tout exprès.

> *Le prince et Govacer posent leurs armes et leurs harnais de chasse à terre, près de la cabane, et s'asseyent sur le banc.*

LE CHARBONNIER, *à ses compagnons.*

Eh vite ! vous autres tous, vite ! vite ! Dieu me garde de faire attendre un si grand prince, qui daigne manger mon fromage !

(Ils entrent tous les quatre dans la cabane.)

JUANER, *en riant.*

Ils vont là dedans se pousser l'un l'autre, comme des capucins de carte. Ne vous pressez donc pas tant. On est si bien dans cet endroit retiré.

GOVACER, *avec gaîté.*

Quel bon petit repas va faire votre Altesse, monseigneur. Un pain couleur de suie ; un fromage, tendre à peu près comme ma semelle. Pour boisson, du vinaigre. Ce sera charmant.

JUANER.

Tiens, Govacer ; tu es plus obstiné qu'un démon ; cela m'ennuie. Ne t'ai-je pas dit vingt fois que, lorsque nous sommes tous deux seuls, je veux être tutoyé par toi ? Faut il donc, parce que je suis prince, n'avoir que des courtisans, et pas un ami !

GOVACER, *lui serrant la main.*

Ah ! Juaner ! Ah ! mon ami ! tu le sais. si je suis le tien.

JUANER.

Eh ! pardieu, oui, je le sais ! Et c'est ton amitié, qui me fait suporter bien des ennuis!.. Laissons cela. — Dis-moi, Govacer ; saurais-tu ce que c'est que ces deux vieilles tours, qu'on voit là haut, au plus épais de la forèt ?

GOVACER.

Nullement. Je n'y avais jamais pris garde. Voilà des tours d'une construction bien ancienne, et d'un aspect singulier. Ce doit être une ruine.

> *Les quatre charbonniers sortent de la ca-*
> *bane et posent sur la table un pain bis,*
> *un fromage, un pot de vin, deux verres,*
> *deux assiettes communes, des couteaux.*

JUANER.

Ah! mais, vois donc ce festin, Govacer! n'est-ce pas, qu'on nous traite avec un luxe !

LE CHARBONNIER,

Je jure à votre Altesse que ce n'est pas par intérêt, au moins !

GOVACER.

Qui diable lui parle de cela, au bonhomme !

(Juaner et Govacer mangent).

JEAN *au Charbonnier.*

Que c'est beau, pourtant, de voir manger un prince !

GOVACER *à Juaner.*

Il paraît qu'on me compte pour rien.

LE CHARBONNIER *se frappant le front.*

Dieu ! mon Dieu ! j'ai une idée.

GOVACER.

Ah ! bah !

LE CHARBONNIER.

Je m'en vas chercher dans le bois, de beaux glands frais : ce sera pour le dessert.

JUANER *à Govacer.*

Qu'a-t-il dit? que va-t-il chercher pour dessert ?

GOVACER.

N'as-tu pas entendu, Altesse ? Ce sont des glands. Voilà qui est flatteur pour nous. Ce sauvage nous prend sans doute pour des.....

LE CHARBONNIER *à Jean.*

Viens t'en m'aider à les ramasser, toi.

JEAN.

Plus souvent. J'aime bien mieux rester pour les regarder.

LE CHARBONNIER.

Tant pis pour toi ; tu n'auras point d'étrennes.

(Il sort.)

JUANER *aux compagnons.*

L'un de vous pourrait-il me dire ce que sont ces tours grises, qui dépassent là bas le sommet des grands sapins?

PIERRE

Ces tours, monseigneur !

GOVACER.

Oui, ces tours ; n'entends-tu pas ?

PIERRE.

Parfaitement, mais c'est... que...

JUANER *vidant son verre.*

Après ?

PAUL.

Ce n'est rien de bon, votre Altesse. Le lieu est maudit.

GOVACER *bas à Juaner.*

Sont-ils bêtes, ces villageois !

JUANER *aux compagnons*

Maudit ! contez-moi un peu ça, mes bons.

PIERRE.

C'est que, voyez-vous, Altesse, on n'aime pas beaucoup à
en parler.

JUANER.

Garçon, tu me faisais l'effet tantôt d'être plus brave.

PIERRE.

On n'est pas plus poltron qu'un autre ; mais dam !...

JUANER.

Tiens ! avale-moi ce verre de ton vinaigre, et dis-moi ce
que tu sais.

PIERRE.

J'obéirai, mon Prince, et ça ne sera pas long. (*A voix
basse.*) Eh bien, c'est là-bas un vieux château, qui n'est
point habité par des êtres humains.

JUANER, *riant.*

Et par qui donc ? par des animaux ?

PIERRE.

Par des morts. On assure que, maintes fois, durant les nuits sombres, on a entendu de loin des cris lugubres, des plaintes funèbres venir de ce côté, et qu'on a vu des lueurs sinistres passer aux lucarnes de ces tours.

GOVACER.

N'y a-t-il pas une histoire sur ce château, pour expliquer ces bruits fantastiques?

PIERRE.

On ne m'a pas dit. Mais ma mère assurait qu'il arriverait malheur à qui voudrait éclaircir ce mystère.

JUANER.

Voilà qui est séduisant. Hein, Govacer?

PAUL.

D'autres, Monseigneur, racontent la chose différemment.

JUANER.

Ah! Ah! Une variante! Voyons! Voyons!

PAUL.

J'ai ouï dire, moi, que c'était là le lieu où tous les sorciers de la contrée viennent tenir leur sabbat.

JUANER.

Par ma foi, ceci vaut mieux, surtout s'il y revient de jolies sorcières.

PAUL.

A peu près, Votre Altesse. La plus jeune a au moins trois cents ans.

JUANER.

Peste! si peu que cela!

PAUL.

On raconte que, chaque semaine, dans la nuit du samedi au dimanche, il en vient là des quatre vents, les unes à cheval sur des chauves-souris, d'autres sur un manche à balai, et tenant en main des fouets de serpents. Une fois, assure-t-on, leur chant diabolique a fait noircir la face de la lune.

JUANER.

Tu as l'air de rire, Govacer. Tu as tort. Savons-nous où il faut placer la limite du possible ? Savons-nous si même il y a une limite ?

GOVACER.

D'accord. Il est peut-être des gens pour qui cette limite n'existe pas. (*A Jean.*) Toi, avance ici. N'as-tu pas aussi ton histoire à nous débiter ?

JEAN.

Oh ! moi, mon bon M'sieu !

JUANER.

Eh ! parle donc ! A-t-il l'air dadais, celui-ci !

JEAN, *s'approchant.*

Oui, Monseigneur, que je parlerai ! Et que je vous dirai même, que ces deux-ci ne savent ce qu'ils disent ; à preuve que tout ce qu'ils vous ont chanté, c'est des bêtises, et des pommées encore !

JUANER.

Tu es bien plus habile, toi. Il n'y a qu'à te voir.

JEAN.

Et que je vas vous tirer au clair la chose. Tout le monde vous dirait, dans mon village, que ce château est la propre maison d'un ogre.

GOVACER.

De mieux en mieux.

JUANER, *désignant Govacer.*

Voilà mon incrédule. (*A Jean.*) Va toujours !

JEAN à *Govacer*.

Oui, m'sieu ; d'un ogre; vous n'en avez jamais vu, d'ogre, ni moi non plus ; mais c'est égal. Celui-ci emporte là tous es enfants qu'il peut attrapper dans la campagne ; puis, il s'amuse à vous les changer en bêtes noires, pour les manger plus tard à son aise.

GOVACER.

Ah ! ah ! ah ! comment ne s'est-il pas trouvé dans le canton, un gars intrépide, comme toi, par exemple, qui soit allé relancer monsieur l'ogre dans son fort ?

JEAN.

Avec ça qu'ils sont si commodes, les ogres, pour leur chercher noise ! Et puis, le voudrait-on, que ce serait bien inutile. Personne que lui, eût-on une cognée de vingt pieds de long, n'a le pouvoir de se faire un passage à travers bois, jusqu'à ce donjon.

LE CHARBONNIER, *rentrant essouflé*.

J'apporte, proprement pliés dans mon mouchoir, les plus jolis glands qu'on ait jamais vus. Quelle perte pour notre cochon !

JUANER, *se levant ainsi que Govacer*.

Nous aurions regret de l'en priver. Peux-tu, mon brave homme, m'indiquer le chemin jusqu'à ce château ?

LE CHARBONNIER.

A ce château, mon prince !

JUANER

Eh ! oui, de par tous les diables ! à ce château !

LE CHARBONNIER.

Pourquoi donc ça, votre Altesse ? Sans vous commander.

JUANER.

Pour y aller, apparemment.

LE CHARBONNIER.

Monseigneur sait-il ce qu'il y a là dedans ?

JUANER.

C'est pour le savoir que j'y veux aller.

LE CHARBONNIER.

Si ce n'est que ca, je peux vous épargner la fatigue.

GOVACER.

Bon ! Autre conte à dormir debout !

JUANER, au Charbonnier.

Oui, oui, ceux-ci me l'on dit : des revenants, des sorciers, un ogre.

LE CHARBONNIER.

Laissez donc ! ces jeunesses-là, ça ne sait rien de rien; c'est pas étonnant; c'est si jeune et si mal éduqué. Mais venez çà, mon prince; je vous confierai ce qui en est.

(Juaner, Govacer ; le Charbonnier se mettent à l'écart).

JUANER, riant.

Ce préambule promet beaucoup, Govacer ; nous tenons la vérité par les oreilles.

GOVACER.

Je n'en crois rien, mais si cela t'amuse !

LE CHARBONNIER.

Vous avez toujours raison, Altesse. Or donc, ce que j'ai à vous dire, personne ne l'a jamais entendu de moi, parce que ça ne les regardait pas ; mais vous, c'est différent.

GOVACER.

Et que te semble de ce tour oratoire, Juaner ?

LE CHARBONNIER.

Mon prince, il y a plus de cinquante ans, j'ai entendu dire à mon grand-père, — un fameux homme, celui là, et avisé, devant Dieu soit son âme ! — que c'était là le Château des Siècles.

JUANER.

Pourquoi ce nom, plutôt qu'un autre ?

LE CHARBONNIER.

Parce que c'est le sien, Trédame ! Ça se dit comme ça. Est ce qu'il y a une raison aux noms ?

JUANER.

C'est juste. Pas plus qu'aux choses. Va pour le Château des Siècles. Connais-tu cela, Govacer ?

GOVACER.

Comme ma poche ! et toi ?

LE CHARBONNIER.

Ce Seigneur dit plus vrai qu'il ne croit ; car de même qu'il ne peut entrer dans sa poche, de même ni lui ni personne ne peut entrer sous ces tours.

JUANER.

Personne, dis-tu ?

LE CHARBONNIER.

Personne ! et cela par une raison bien simple. A mesure qu'on avance dans cette direction, tours et château, tout disparaît, et l'on fouillerait le bois dans tous ses coins et recoins, sans pouvoir en retrouver trace. Pas plus de château que sur ma main. Il est arrivé qu'on est resté dix ans, vingt ans, trente ans, sans voir ces deux tours. Puis, un beau matin, on les aperçoit, noires et tristes, au milieu de la forêt, et cela présage toujours quelque grand événement. Il y a présentement douze jours, qu'elles apparaissent de nouveau ; aussi les anciens du pays sont-ils dans l'attente et en émoi ; tenez : moi qui vous parle, voilà seulement la seconde fois que je les ai vues.

GOVACER.

A la première, qu'est-il arrivé d'heureux ?

LE CHARBONNIER.

Oh ! d'heureux ! ce fut la veille du jour, où notre nouvelle reine, la digne Madame Pyroxie, épousa notre digne maître, le roi Viercep, cinquième du nom. Mais, si vous m'en croyez, messeigneurs, ne regardons pas davantage ces tourelles ; mon grand-père disait que cela portait malheur.

JUANER.

Govacer, paie ces hommes, et dis leur de retourner à leur travail.

GOVACER, *distribuant de l'argent aux quatre hommes.*

Vous comprenez ? Presto ! Presto ! à vos affaires ! et surtout, pas de vivats ! le prince les déteste.

LE CHARBONNIER et JEAN, *criant à tue-tête*

Altesse ! Altesse ! monseigneur le Prince !

JUANER.

A qui diable en ont-ils ?

LE CHARBONNIER.

Nous n'avons pas crié Vive !

> *Le prince hausse les épaules. Lui et Goracer reprennent leur harnais de chasse, et puis allument leurs cigarres.*

JUANER *à Pierre et à Paul.*

Vous n'êtes pas si nigauds que 'ça, vous ; je vous ferai
sergents dans ma garde : allez !

(Les quatre charbonniers entrent dans le bois)

GOVACER.

Viens-t'en retrouver ta suite.

JUANER.

Un moment ! Le Seigneur Govacer n'a-t-il donc pas compris ce que je veux faire ?

GOVACER.

Pur enfantillage ! Est-ce à toi, Prince, de courir les aven-
tures comme un chevalier errant ? Permets-moi de tenter
seul la recherche de cette ruine. Dès demain, je t'en rendrai
bon compte.

JUANER.

A ce beau projet, il n'y a qu'un petit empêchement : c'est
que je veux y aller, et j'irai ; et quand ? à l'instant même.

GOVACER, *avec humeur.*

Toujours le prince qui reparait ! Et tu te plaignais, il n'y a
qu'un moment, de n'avoir pas d'amis.

JUANER, *riant.*

Je veux avoir un ami, mais non pas un maître ; quant à
toi, Govacer, dès qu'on n'adopte pas tes idées....

GOVACER.

Du reste, tu es le maître, comme tu dis. Je n'ai rien à ob-
jecter.

JUANER.

Dites-moi, je vous prie, pourquoi j'aime ce garçon-là ;
c'est bien la plus mauvaise tête de ce royaume. — Qu'auras-
tu à dire, Govacer, si je t'offre de venir avec moi, et de
prendre, comme toujours, la moitié du péril ?

GOVACER, *serrant la main du Prince.*

Je dirai... je dirai qu'il vaudrait encore mieux me laisser faire tout seul. Ah ! je ne serai heureux, je le vois bien, que le jour où je me ferai tuer à ton service.

JUANER.

J'espère que ton bonheur commencera tard. Donc, c'est convenu ; nous allons partir à travers le bois.

GOVACER.

Sans contredit ; nous irons là-bas, si tel est ton désir. Mais, mon cher Juaner, n'écouteras-tu pas ton ami d'enfance qui ne t'a jamais quitté, qui ne saurait vivre sans toi, et qui te crie de ne pas exposer ta vie précieuse. Tu es l'unique héritier d'un grand royaume ; tu es tout notre espoir ; nous t'aimons pour le présent et pour l'avenir ! et toi, tu ne cherches que les dangers ; tu sembles mépriser la vie.

JUANER.

Je ne la méprise, ni ne l'estime : je la subis. Si tu savais, Govacer, comme il me paraît quelquefois étrange d'être emprisonné dans la vie. Penser, désirer, aspirer, et ne pas pouvoir ! Se sentir par l'existence, l'égal tout au plus d'un chêne ou d'un palmier, et avoir en soi quelque chose qui peut embrasser et réfléter l'infini ! Aussi, combien de fois ai-je été pris d'un désir immense d'aller donner de la tête contre la porte de l'inconnu, dussè-je m'y briser le crâne. D'ailleurs, je te le répète, cher camarade : ce que l'orgueilleuse science qualifierait de miracle, de prodige, ne m'étonne pas. L'aile est faite pour voler ; tant pis pour les oiseaux de basse-cour, si elle ne leur sert qu'à se battre les flancs, et à faire de la poussière. J'irai à ce château, et si, comme je l'espère, il y a là des choses, dont les pareilles ne sont pas ailleurs, je les verrai, dût ma raison se perdre, dût mon âme s'envoler en fumée !

COVACER.

Je suis moins incrédule que tu le penses, Juaner, et comme toi je n'admets pas, que s'il est des choses qui existent, il y en ait qui n'existent point. Tout vit ; mais par malheur, on ne songe pas assez que tous les êtres ont une même origine, et l'on est vis-à-vis de la nature en état de méfiance éternelle. Moi-même, je te l'avoue, je me méfie des choses presque autant que des hommes ; et quand je te vois si ardent à affronter l'inconnu, je redoute un piége pour toi, mon ami ! la reine, ta marâtre, est puissante, et..

JUANER.

Bah! c'est là justement ce qui m'excite à entreprendre. Vois-tu, Govacer, depuis le soir où Pyroxie, venue à travers les airs, je ne sais d'où, par exemple, s'établit à la cour de mon père, on dirait qu'un malin génie a jeté du noir dans la coupe de ma destinée. Il faut qu'elle ait ensorcelé mon père, pour qu'il l'ait épousée, malgré sa laideur. Sur deux points seulement, je serais assez d'accord avec elle ; car elle ne veut pas que je me marie, et elle désire ma mort.

GOVACER.

Si tu mourais, Juaner, je crois que tout le peuple se porterait au palais, pour la lapider, coupable ou non. Oh! le roi, ton père, ne secouera-t-il jamais le bandeau qu'elle a épaissi sur ses yeux! Que ne puis-je te rendre, au prix de ma vie, son affection paternelle !

JUANÉR.

Ami, je ne me plains pas de mon sort. Tout est bien, puisque Dieu le souffre ; mais je me sens attiré vers ce sombre château, comme la paille vers l'aimant. Là, si une force supérieure nous sépare, si tu me survis, jure-moi de ne jamais révéler le secret de ma mort. Je veux que l'incertitude

de mon destin plane sur l'esprit de la reine, comme une menace perpétuelle. Promets-moi cela, je t'en prie.

GOVACER.

Nous avons mêlé notre sang dans les batailles, Juaner ;
nous savons ce que vaut chacun de nous, et tu n'ignores pas
que j'ai juré de ne pas te survivre. Aussi le serment que tu
exiges de moi, ne me coûte-t-il rien ; car, deux jours après
que je t'aurai perdu, je me tuerai.

JUANER, *gaîment.*

Ce Govacer ! je ne connais point d'homme plus tenace
dans ses résolutions ! Mais qu'est ceci ? Les arbres, les ron-
ces, les buissons s'écartent d'eux-mêmes, pour nous faire un
chemin. Les lianes se relèvent devant nous. O merveille !

> *La forêt s'est ouverte au fond, et on dé-*
> *couvre la grande avenue du château,*
> *terminée par la grille dorée, derrière*
> *laquelle est la cour d'honneur et le perron.*

JUANER.

Tu vois, Govacer, tu vois si j'avais raison ! nous avons
percé le réel ! Je le savais bien, qu'il y a quelque chose derrière la barrière !

GOVACER.

Moi, je le disais, et je n'y croyais pas. Marchons !

> *Quand Govacer veut suivre le prince, qui*
> *s'est précipité dans l'avenue, la forêt se*
> *referme violemment, et lui barre le pas-*
> *sage ; Govacer tire son épée, et s'épuise*
> *en vains efforts. — Puis, il vient, dépité,*
> *sur le devant du théâtre*

GOVACER, *seul.*

Ah ! Le voilà, le piège que je redoutais ! Et je ne pourrai
pas mourir à ses côtés, en le défendant ! O Juaner ! O mon

prince ! Mon ami ! je t'ai abandonné lâchement ! Ah ! Je
n'étais pas digne d'entrer avec toi dans l'idéal ! Pourquoi
m'aimais-tu, moi dont l'âme est si inférieure à la tienne. O
larmes de douleur et de honte ! Je resterai ici, à la place où
je t'ai perdu, et je l'attendrai ! Je suis certain que, mort
ou vivant, tu reviendras vers ton ami !

*Même décor qu'au début du 2me acte, seulement l'avenue d'arbres paraît moins
longue, et par suite la grille du château
est plus rapprochée. Pas une lumière ne
se fait voir dans tout l'édifice. La grille
et la grand porte du perron sont fermées.*

JUANER, seul dans l'avenue.

Oh ! parbleu ! je suis enchanté que ce sceptique de Govacer
ait été attrapé, et qu'on lui ait fermé au nez la porte de l'autre monde ! Sa fureur doit être risible; cela lui apprendra à
douter de l'esprit de la nature.— Cette avenue n'en finit pas.
Voici je ne sais combien de temps que je marche, et je ne
suis pas encore à ce château. Mais aussi, à quoi bon m'embarrasser de cet attirail ? Qu'en ai-je à faire ? S'il y a là
quelque péril pour moi, j'ai un couteau de chasse bien affilé
et un bras solide ; cela suffit.

(Il jette sac et fusil)

Que ce vieil édifice est noir ! on dirait qu'il me regarde
dans l'ombre. Peut-être qu'il m'attend ! — Avançons ! Le
ciel, qui était si beau naguère, s'est assombri d'une manière
étonnante. Qui sait s'il fait jamais jour autour de ce manoir ?
— Cette grille dorée jette parfois des éclairs qui me remplissent les yeux d'éblouissements. Dépêchons ! — Ah ! je la
touche, enfin ! Mais si je sais comment j'entrerai là !

*(Il regarde à travers les barreaux, et
recule d'horreur.)*

O Dieu ! Cette cour est jonchée de corps d'hommes et
d'animaux, étendus pêle-mêle parmi des armes, et des débris
de toute sorte ! On dirait un champ de bataille après un
combat. — Ces morts ne seraient-ils point ceux qui ont
tenté vainement de pénétrer dans ce château terrible ? Eh
bien, Juaner, cette pensée est un stimulant de plus pour ton
âme. J'étais fait pour ce danger, et peu m'importe de laisser
là mon cadavre. D'ailleurs, ceux qui gisent là, avaient-ils au
cœur l'audace enflammée qui me pousse ? Non ! Je veux
vivre ; je veux réussir ; je réussirai !

(Il se rapproche de la grille, et regarde
de nouveau.)

Ces hommes ne sont pas morts. On croirait plutôt qu'ils
dorment. Il me semble que je vois leur poitrine se soulever
et s'abaisser paisiblement. Ah ! pardieu, en voici un qui
tient encore aux lèvres une coupe à demi pleine ! Il la videra
sans doute au réveil. Que font sous le porche, ces gardes ran-
gés en haie, le mousquet sur l'épaule ? Ce sont apparemment des statues enluminées. Que tous ces costumes sont
bizarres ! — Que tout est beau ici ! Cette immense cour est
dallée en marbre rose. Voyons cela de plus près.

(Il s'efforce de secouer la grille, qui ne
branle pas.)

Oh ! oh ! Comment m'introduirai-je ? Cette diable de grille
m'a tout l'air d'être scellée jusqu'au centre de la terre. Eh !
Messieurs les dormeurs, éveillez-vous ! Je suis là, moi, Juaner ! Que l'on m'ouvre ! Ne m'entendez-vous pas ?

(Il secoue frénétiquement les barreaux .)

Quoi ! Je serai venu jusqu'ici ! J'aurai vu ce que je vois,
et je m'en retournerai vaincu ! Cela ne sera pas ! Quand on

est arrivé à cette porte, il faut entrer ou périr ! Désespoir,
viens à mon aide !

> *En ce moment, le cadran de la grande*
> *horloge du château s'éclaire, La longue*
> *aiguille noire décrit un quart de cercle,*
> *en faisant entendre un craquement.*

Qu'est cela ? Il sonne des heures, ici ! Quelle est celle qui
va sonner ? Quelle qu'elle soit, c'est la mienne ! Ecoutons !
L'heure est souvent bonne conseillère.

> (*Le battant frappe un coup. L'HORLOGE*
> *chante ce qui suit :*

Voici la voix de fer, la voix impérieuse
  Du temps !
Tu viens de perdre une heure, ô terre malheureuse :
  Entends.
Mais l'erreur est sur terre, hélas ! un héritage
  Commun.
Quel homme a su jamais entendre mon langage ?
  Pas un ! Pas un ! Pas un !

> (*Second coup. Le chant continue*)

Mortels, ne pouvez-vous maîtriser la pensée,
  Qui court,
Qui vous pousse au hasard, et ne vous est laissée
  Qu'un jour,
Et n'a rien deviné de ce que veulent dire
  Pour tous,
Ces mots : la loi du temps! loi sombre, dont l'empire
  N'existe qu'avec vous ?

> (*Troisième coup. Le chant continue*)

A l'œuvre ! mon appel éternel y convie
  Les forts.
Le soleil va bientôt absorber toute vie !
  Alors,

A ceux qui n'auront rien, et qui suivaient leur rêve
       Là bas,
Une autre voix l'a dit, la loi veut qu'on enlève
       Même ce qu'ils n'ont pas.

    *(Quatrième coup. **Le chant continue**)*

A qui puis-je parler ? la vie, usée et vieille,
       Se fond ;
Mais le monde, où toujours l'intelligence veille,
       Répond.
Les quatre parts de l'heure ont fui dans le domaine
       Du vent,
Et le son, en mourant, redit à l'âme humaine :
       Monte, et tourne au levant !

JUANER

Entends-tu, mon âme ? Ce n'est pas simplement une volonté d'homme, qui aura raison de cette barrière. Ne faisons pas fausse route ; c'est hors de la terre, qu'il te faut prendre ton point d'appui. J'ai jeté mes armes ; jetons aussi mes pensées de là-bas. Ne suis-je pas Juaner ? ne suis-je pas libre ? Je le suis. — Maintenant, la force aveugle qui me résistait, a passé dans moi ; elle est mienne. Ouvre-toi donc, porte mystique ; je t'ai vaincue ; fais-moi de la place.

> *La grille s'est ouverte lentement et sans bruit. Le prince entre, et derrière lui la grille se referme.*

> *Même décor qu'à la fin du deuxième acte. Il fait nuit ; le lit est toujours enveloppé de ses rideaux de gaze. Par l'ouverture du fond, on entrevoit la cour extérieure. Le Prince arrive à pas lents par une porte latérale.*

JUANER.

Où suis-je ? quels chemins m'ont amené ici ? Il me semblait qu'un esprit marchait devant moi, et me conduisait.
Le cœur me bat à rompre ma poitrine. Est-ce de crainte ?
non, sur ma foi ! mais, de mes jours, je ne ressentis ce que
je sens. Une ivresse ineffable, étrange, inconnue, dilate mon
âme. Et cependant des larmes roulent de mes yeux. O
Juaner! malheureux Juaner! tu es seul au milieu du monde!
Que dis-je ! suis-je encore dans le monde des vivants ?

(Il s'approche de l'ouverture du fond.)

A travers le voile de la nuit sereine, je reconnais la seconde cour, par où j'ai passé, et la brillante foule qui l'en-
combre, hommes et femmes d'un autre âge, tous enchaînés
par un sommeil plus lourd que la mort. O nuit, replie ton
linceul! je veux voir ce qui m'environne! je veux voir ce
qui m'attend. Rien ne me pèse comme l'ombre des choses
inconnues.

> *Il fait un pas pour revenir du fond vers*
> *l'intérieur de l'appartement ; aussitôt*
> *une des bougies du grand lustre s'allu-*
> *me d'elle-même, et la cour redevient obs-*
> *cure.*

Vous qui entendez mes ordres, pensée ou matière, qui
que vous soyez, empressez-vous d'obéir. J'attends.

> *Toutes les bougies des lustres s'allument*
> *successivement et avec rapidité. La*
> *chambre est inondée de lumière. Jua-*
> *ner s'avance jusqu'au milieu, et examine*
> *tout.*

Quelle est donc la divinité de ce splendide sanctuaire ? Je
ne sais quelle voix me dit que je suis le maître ici, que

tout m'appartient ! Ah ! voici qui va peut-être m'instruire,
voyons qui repose dans ce lit voilé de blanc.

> *Il marche résolument vers le lit; à son*
> *approche les rideaux s'écartent, et laissent*
> *voir Synédise, couchée comme à la fin du*
> *deuxième acte. Une de ses mains pend*
> *sur le bord du lit; cette main est ornée*
> *au poignet d'un riche bracelet.*

JUANER, *s'arrêtant.*

O mes rêves d'amour, je vous retrouve ici ! vous avez pris
un corps, un corps lumineux et divin !

> *(Il s'approche du lit, et s'agenouille.)*

Ange, femme ou fée, que tu es belle ! oh ! m'entends-tu ?
sais-tu que je suis là, à tes pieds ? sais-tu que j'ai quitté la
terre, pour t'offrir ma pensée et mon être, tout ce qui est à
moi ? Sais-tu que je t'aime ? Peut-être, ô beauté céleste,
n'es-tu déjà plus qu'une blanche morte. Va ! s'il en est
ainsi, je sens que j'ai la puissance de te rappeler à la vie !

> *(Il baise la main de Synédise.)*

Cette main a frémi sous mon baiser. Toi que j'aime,
écoute celui qui te donne sa vie. Eveille-toi !

> *(Synédise ouvre les yeux, et se redresse nonchalemment)*

SYNÉDISE.

Oh ! que ma nuit a été longue ! et qu'il est doux de s'éveiller ! mais ce que je vois, n'est-ce point un rêve encore ? J'ai
peur.

> *Elle se lève tout à fait, parcourt l'appar-*
> *tement comme pour reconnaître les ob-*
> *jets. Juaner s'est relevé, et, immobile, la*
> *suit du regard. Synédise se rapproche*

lentement de la fenêtre. Alors, on en-
tend monter de la cour un grand
bruit, et un formidable hourrah d'en-
thousiasme. En même temps, on voit
à l'horizon le soleil qui se lève. A
mesure qu'il devient plus brillant,
les trois lustres pâlissent et s'éteignent.

CHŒUR *des fées invisibles.*

Je te salue, enfant du ciel et de la terre,
O Synédise, honneur d'un monde rajeuni !
Tandis que du soleil le globe solitaire
Apparaît sur les monts, où l'Orient finit,

Toi, lumière des cœurs, étoile jeune et pure,
Plus gracieuse encor que l'étoile du soir,
Tu te montres enfin, et déjà la nature
A repris sous tes yeux la vie avec l'espoir.

Astre aux rayons d'amour, salut ! tu fais éclore
Pour le ciel des humains, un jour clément et doux.
Vous, flambeaux, de la nuit, qui redoutez l'aurore,
C'est l'aurore nouvelle ; évanouissez-vous !

JUANER, *allant vers Synédise.*

J'ose à peine élever la voix, après le chœur harmonieux
qui t'a rendu hommage, Synédise. Celui qui pourrait mettre à tes pieds la royauté de la terre, celui-là serait digne de
toi, peut-être. Mais moi, je ne suis rien, que l'héritier obscur
d'une couronne incertaine.

SYNÉDISE.

Vous êtes celui que j'attendais. Je savais que vous deviez
venir ; mes rêves m'ont tout appris.

JUANER.

Alors, tu n'ignores pas que je t'aime. Tu sais que le pouvoir mystérieux, irrésistible, qui m'a enlevé à la terre, et attiré ici, c'est l'amour. Tu sais qu'en entrant en ce lieu, je me croyais le maitre de toute chose, et qu'à présent je n'ai plus qu'une ambition : vivre ou mourir près de toi !

SYNÉDISE.

Je sais aussi que tu es Juaner, le vaillant prince, le victorieux, l'espoir des hommes. Tu as percé les ténèbres qui m'entouraient ; ta force a brisé la chaine, immatérielle où j'étais liée. Sans toi, ma nuit eût été éternelle. Mais je ne souffrirai pas que tu t'emprisonnes ici. Tu redescendras dans les sentiers des humains, Juaner ! tu dois y apporter le bonheur.

JUANER, *souriant.*

Je redescendrai, si tu l'exiges. Et toi, ma belle, en retour de mon amour, ne me dois-tu pas au moins un peu de pitié ? Ah ! Tu es généreuse ; ce n'est pas de la pitié, que tu gardes à l'aventureux Juaner ; non, c'est mieux que cela, c'est.... comment dirai-je ? de la sympathie ; ou plutôt, c'est une parcelle de ton amitié ; oui de ton amitié, présent céleste, qui me rendra fier, Synédise, et surtout heureux. Puis, enfin, que sait-on, si l'amour....

SYNÉDISE.

Vous allez un peu bien vite, prince, et vous me semblez assez expéditif. J'avoue que mes songes ne m'avaient rien annoncé de pareil.

JUANER.

Oh ! Si vous le vouliez, madame ! Si tu le voulais, ma Synédise ; si j'osais croire à ce divin sourire, qui éclaire ton regard, combien serait plus douce l'heure, où le destin nous rassemble ! Vois ! Le roi de la vie s'est levé sur la terre. Que l'amour se lève aussi dans ton cœur ! Que ton cœur secoue aussi son sommeil ! Synédise, toi que j'aime, écoute celui qui te donne sa vie ; éveille-toi !

SYNÉDISE.

Tu m'as ordonné de revivre, et j'ai obéi. Tu ordonnes à mon cœur de s'éveiller ; je te le dis, Juaner ; l'obéissance est plus facile encore.

JUANER.

Que nos destinées se confondent ! Que nos deux vies n'en forment qu'une. Que l'amour épure et affranchisse nos âmes. Ce château protégé du ciel, cette souriante aurore, sont témoins de nos serments et de ma félicité. Synédise, mon amie, ma maîtresse, ma femme, savourons à pleine coupe la mystérieuse ivresse de l'amour.

SYNÉDISE.

Ta femme ou ton esclave, qu'importe ! je suis tienne, et je t'aime.

JUANER.

Un baiser; un baiser de toi, Synédise ! Tu es du ciel, et je suis encore de la terre !

> *Il plie le genou devant Synédise, qui se penche, et le baise au front. Irbella, par l'ouverture du fond, descend, portée sur un rayon de lumière. Juaner et Synédise se rangent de côté, en se tenant par la main.*

IRBELLA.

Reconnais-moi, jeune fille. Je suis ta marraine, la fée Irbella, qui t'ai sauvée de la haine de Creiphysio, le mauvais génie de ta famille. Pendant cent ans, j'ai couvert de mon écharpe ce palais, où, toi et tes serviteurs, vous avez trouvé un abri contre la mort. C'est moi qui ai ouvert une route, à travers la forêt, au plus courageux, au plus loyal des hommes. Je te le destinais pour éponx, Synédise, et toi seule étais digne d'être sa femme. Unis ensemble, vous donnerez des lois à la terre ; vous la ramènerez dans le cercle du bien et du beau. Appuyés l'un sur l'autre, mes enfants, vous serez forts contre les périls. Maintenant, l'heure charmante de l'hymen va sonner pour vous. Venez avec moi ; suivez-moi dans la sphère de Saturne, où la vie est plus subtile que sur ce globe massif. Là, tout est préparé pour la fête nuptiale. Là, tu retrouveras ton père et ta mère, ô noble fiancée.

JUANER.

Toi qui lis dans les cœurs, rayonnante fée, tu vois que mon vœu le plus cher est de joindre ma vie à celle de Synédise. Mais j'ai un vieux père, qui n'est aimé que de moi ; j'ai un peuple, qui attend en moi son libérateur. Je ne tromperai point l'amour de mon père, l'espérance de mes sujets, en fuyant de ce monde avant mon heure. Je ne veux pas que Synédise ait à rougir de son époux.

SYNÉDISE.

Va, Juaner ! dût mon amour en murmurer, j'aime à t'entendre parler ainsi. Tes actions doivent se conformer à tes viriles pensées. Retourne parmi les hommes ; dis adieu à ta Synédise, qui morte ou vivante, ne sera jamais qu'à toi, à toi seul.

IRBELLA.

En vérité, la vie de ce monde est un mauvais crible ; elle laisse passer le bon grain, et ne retient que l'ivraie. Juaner, la terre est soumise à une puissance dangereuse. Si tu y remets le pied, n'oublie pas qu'en dehors de ce château, je ne puis plus rien pour toi.

JUANER.

Le Dieu qui m'a fait, ne m'a-t-il pas armé? Mon devoir n'est point là haut. Il est sur la terre; j'y resterai.

SYNÉDISE.

Que ne suis-je restée pour toujours dans ma nuit?

IRBELLA.

Pauvres enfants! Laissez-vous emporter pour quelques heures, au souffle du bonheur. Ton âme, Juaner, est de force à lutter à armes égales contre le destin. Tu iras droit devant toi. Aujourd'hui, viens avec Synédise, dans mon empire. Après deux jours, tu reviendras sur la terre, parmi les tiens, à qui tu tiendras caché ton bonheur, comme un coupable cacherait son crime. Le premier jour de chaque semaine, tu te rendras seul en ce château, où mes coursiers de feu t'attendront pour t'enlever, et te déposer auprès de moi, ainsi que Synédise. Il en sera de même, jusqu'au temps où tu seras roi. Alors, tu pourras montrer en triomphe Synédise aux peuples de ton royaume.

JUANER.

Je ne souhaite pas que ce temps soit prochain. L'amour de Synédise est la plus précieuse couronne, que puisse désirer un homme de cœur.

SYNÉDISE.

Plongeons-nous ensemble, ô mon sauveur, dans le ciel qui nous est ouvert. Et montons si haut, que nous voyons s'éteindre dans l'espace, le reflet nuageux de la terre.

> *Le char de la fée, et ses dragons flamboyants se présentent au fond. Irbella monte sur le char, et donne la main à Synédise. Juaner monte après elles. Irbella se place sur le devant. Les deux jeunes*

gens se tiennent par la main. Le char
s'élève avec lenteur, et disparaît au loin.
. Alors, le décor change. La scène repré-
sente la mer. On voit à l'extrême hori-
zon, les deux tours du Château des Siè-
cles Au milieu du théâtre, est un rocher,
qui forme un promontoire, sur lequel
vient se poser le SYLPHE UTAI. *Il regarde*
autour de lui la mer, et chante :

I

Je disais : où est la fleur du Fucus ? où est-elle ? Je l'ai
cherchée sur la face des eaux, car je l'aime d'amour. O fleur,
que fais-tu ? n'entends-tu pas mon cri qui t'appelle ? ne sens-
tu pas qu'à travers l'onde, mes yeux s'arrêtent enfin sur toi ?
La fleur entend son ami ; elle l'a vu, et sur sa frêle tige, elle
frissonne d'amour.

II

La voilà qui monte, et qui monte, invisible encore, du fond
des gouffres noirs, et qui perce les vagues pesantes, et qui
traverse les spirales énormes des tourbillons, et qui monte
toujours, et qui, balancée par les flots jaloux, pareille à un
diamant sur la robe de la mer, vient s'ouvrir au soleil et à
l'amour.

III

Dans un abîme, insondable à la pensée comme au regard
de l'homme, la belle vierge dormait, sous les vagues amonce-
lées du silence, de la nuit, et de la mort. Un rayon est tombé sur elle ; l'amour a passé dans un éclair. Le roi des doux
mystères, le printemps a touché la jeune fille, et la jeune fille
s'est épanouie pour l'amour.

IV

Amour, esprit de feu, qui circules d'un cours régulier dans
les veines des mondes ; amour, soleil des âmes, dérobe tou-

ours à l'homme la fuite du temps ; fais taire le concert des
douleurs. Vous, mortels, hâtez-vous d'être heureux ; et que
la terre, en son vol infatigable, berce, bonne mère, ses enfants,
au chant divin de l'amour.

ACTE QUATRIÈME

Le carrefour de la forêt, où conversaient le prince et Govacer. On ne voit
plus les tours du château. Govacer est seul, assis sur un tronc d'arbre, et
paraît accablé de tristesse. Il se lève, et vient sur le devant.

GOVACER.

Le troisième jour s'est levé depuis le départ de mon ami,
et je ne l'ai pas revu, et j'ai vainement usé mes forces et
mon courage à le suivre. Je n'ai pu, comme lui , forcer la
frontière du possible. A cette heure, mon cher Juaner est
mort, ou prisonnier à jamais dans cet horrible château. A
cette heure, ce prince, le sang de mon sang, la meilleure
partie de mon âme, le plus aimable et le plus grand des
humains, n'est plus de ce monde. Avec lui meurent toutes
mes espérances, tout mon bonheur, tout ce qui me ratta-
chait à la vie. Je n'ai pu le défendre ; je ne dois pas lui survivre ; ma vie n'était que l'ombre de la sienne. Le moment
est venu d'employer utilement la vigueur qui me reste. Peut-
être que, mort, j'irai le rejoindre. Qu'en sait-on ? O Juaner,
ce couteau, loin de toi, va mettre fin à mon désespoir. Je
vais voir si la face de la mort est aussi hideuse qu'on le pré-
tend.

*Pendant ces derniers mots, JUANER a passé
au travers du feuillage. Il s'est appro-
ché de Govacer ; et à l'instant où celui-
ci tire son poignard, il lui arrête le
bras, en disant :*

Bizarre fantaisie qui te prend, Govacer !

GOVACER *se retourne, pousse un cri, laisse*
tomber son poignard, jette les bras au
cou du prince, et l'embrasse avec trans-
port, en disant :

Toi ! c'est toi, mon Juaner ! je te tiens ! c'est toi que je
serre ! Ah ! qu'on vienne à présent nous séparer ! on ne
t'arrachera de mes bras, qu'en me tuant.

JUANER, *se dégageant.*

Ne crains rien, pauvre ami ! Personne, je te l'affirme,
n'osera nous séparer, si je le défends.

GOVACER.

Il me semble voir une grave préoccupation dans ton regard. D'où viens-tu, prince ?

JUANER.

Tes conjectures peuvent se donner un libre cours.

GOVACER.

Tu n'as donc rien à me dire.

JUANER.

Rien.

GOVACER.

Réponds du moins à ceci. Ton secret, le livreras-tu à
d'autres que moi.

JUANER.

Ni à toi, ni à personne.

GOVACER.

Encore un mot, par pitié; mon amitié a besoin d'être ras-
surée. Est-ce du bonheur, ou du malheur, que tu as trouvé
dans cet abîme de ténèbres ?

JUANER.

Ce n'est pas du malheur.

GOVACER.

Et tu désires, n'est-ce pas, que ton expédition dans le
domaine de l'inconnu, reste un mystère pour tout le monde?

JUANER.

Tu l'as dit ; je me fie à toi. Chaque semaine, durant trois jours, je disparaîtrai de la terre ; mon ami seul saura par quel chemin j'aurai passé. Du reste, qu'il soit sans inquiétude. Là où je serai, nul homme ne peut me nuire.

GOVACER.

Présentement, retournes-tu auprès du Roi ton père ? et te plaît-il que je t'accompagne ?

JUANER.

Volontiers. Reprends tes armes de chasse.

GOVACER, *ramasse son équipement, et dit en se rajustant.*

Il est des jours, par ma foi, où quelqu'un qui me casserait la tête, me rendrait un fameux service, tant le train du monde me déplaît. La terre a beau tourner. Elle ne passera jamais sous le regard de Dieu.

JUANER.

Eh ! Eh ! tu te trompes, camarade. Je te jure qu'à un certain point de vue, la terre est une merveille, un vrai chef-d'œuvre d'ensemble et d'harmonie. Ce qui gâte la création, vois-tu bien, c'est la créature animée. Nous sommes une superfétation inexplicable dans l'œuvre du grand géomètre. C'est dommage, en vérité ! sans nous, il n'aurait qu'à s'admirer dans ses ouvrages.

GOVACER.

Oui, et comme tout, dans la nature, est animé ou disposé pour l'être, ta plaisanterie revient à dire qu'il faudrait supprimer la nature. J'en suis d'accord, et j'ai grand pitié, quand j'entends parler de causes finales, de but évident. Ce sont là de beaux mots, vides de sens. L'homme et la bête s'arrangent le moins mal qu'ils peuvent, avec ce qui est passif, et plus faible qu'eux. Mais l'ennemi, faible, passif, tôt ou tard sera vainqueur. Duel monotone et désespérant.

JUANER.

N'est-ce pas là le ressort de la vie ? Quoi ! serons-nous comme des cavaliers timides, sans cesse en garde contre leur monture ? Pauvre et indigne emploi, vraiment, pour une force intelligente. Note bien, frondeur éternel, qu'il est bon de n'être pas sans ennemis. — Mais j'entends le son du cor; voici des gens qui nous-cherchent. — Allons à eux.

(Ils sortent)

Même décor qu'au premier acte, si ce n'est que les colonnes, au lieu d'être en argent, sont en bronze. Le roi Viercep V, est avec Creiphysio, qui, sous le nom de Pyroxie, porte vêtement royal et couronne.

PYROXIE.

Je vous dis, sire, que ceci devient intolérable, et que le prince Juaner, votre fils, est un franc mauvais sujet. Quoi donc ! S'absenter depuis trois jours, sous prétexte de chasse; quitter son escorte à la dérobée ; se perdre dans les bois les plus mal famés, sans autre compagnon que ce petit Govacer, qui vaut encore moins que lui ! Vous devriez mourir de honte, d'avoir si mal élevé ce jeune homme, et cela me donne une pauvre idée de feu votre première femme. Ah ! que si la chose me regardait, j'aurais bientôt mis bon ordre à tout ce train là !

VIERCEP.

Encore un coup, ma bonne Pyroxie, que voulez-vous que j'y fasse? Le prince, mon fils, est l'idole de la nation, et le bouclier de mon royaume. Les lances ennemies le connaissent, et reculent devant lui. N'est-il pas le maître de passer, quand il le veut, deux ou trois journées à la chasse? Voudriez-vous que je lui fisse donner le fouet, pour avoir découché du palais sans ma permission ?

PYROXIE.

Eh par la mort diable ! pourquoi pas le fouet, à ce beau mignon, et autre chose encore ? Ne voyez-vous pas bien, pauvre homme, qu'en se faisant adorer de vos sujets, Juaner n'a qu'un but : vous détrôner, pour régner à votre place ? Sans moi, il y a beau jour que c'en serait fait de vous. Où en seriez-vous, hélas ! si je n'avais consenti à vous épouser, bien que vous soyez un peu cassé !

VIERCEP.

Ma foi, madame, je me trouve encore très bon pour vous, et je n'aime pas à m'entendre sans cesse reprocher mon âge. Vos printemps accumulés formeraient, je crois, une belle montagne de glace. Reparlons de Juaner ; je ne suis point du tout satisfait des intentions que vous remarquez en lui ; car je ne m'ennuie pas d'être roi. La liqueur des voluptés, bien que je n'y boive plus qu'à petits coups, est toujours fort douce à mes lèvres ; et je n'en perdrai le goût qu'avec la vie. Donc, si je croyais que mon fils....

PYROXIE, *regardant au dehors.*

Tenez ! Entendez ces acclamations ! Le voilà qui revient, avec son âme damnée. Il traverse la place, et c'est à qui lui embrassera les mains où les habits. Croyez à ma prudence, sire ! Laissez-moi l'attendre seule ; je saurai, mieux que vous, lui faire avouer d'où il vient.

VIERCEP.

D'accord ! moi, je m'emporterais peut-être, et comme Juaner n'est pas manchot pour répondre, cela pourrait nous mener loin, et troubler mon repos. Dites-lui, au moins, que je suis très en colère, que je.... que je....

PYROXIE.

On dira ce qu'il faudra. Pensez-vous qu'on ait la langue au coussin ? Allez-vous en.

VIERCEP.

Merci, Reine! c'est fort commode, vraiment, de faire ses affaires par autrui.

(Il la salue et sort.)

PYROXIE, *seule.*

Attention! Attention, Creiphysio! Je flaire ici quelque embûche de la rusée Irbella ; mon siècle a passé, et je tremble qu'elle ne mette en œuvre ce sanglier de Juaner. Tant que Synédise ne s'est pas remontrée, une chance me reste de ressaisir mon ascendant sur le monde. Il ne sera pas dit que l'on m'aura vue me plier en vain au rôle honteux que je joue. Ranime mes forces, ò Typhon mon père! Je surveille ici nos intérêts, et s'il m'est encore interdit de combattre à front découvert, prouvons du moins par mes artifices, que je suis toujours la même, la redoutée Creiphysio.

(Juaner traverse le théâtre ; il salue la Reine.)

PYROXIE.

Eh! c'est vous, mon gentil prince! où donc allez-vous avec tant d'empressement?

JUANER.

Madame, je vais saluer le roi, mon père.

PYROXIE.

Et à la pauvre belle-mère, nous n'avons rien à dire, en rentrant au palais?

JUANER, *à part.*

Serpent *(Haut.)* Pardonnez-moi ; mais je vais d'abord où mon devoir et mon cœur m'appellent.

PYROXIE, *à part.*

L'insolent. *(Haut.)* C'est juste, mon excellent Juaner, c'est trop juste, et l'on ne saurait trop louer la vivacité de votre sentiment filial. Mais si vous avez un quart d'heure à perdre, daignez le passer avec moi. L'ordre du roi est que vous l'attendiez ici.

JUANER.

J'obéirai à mon père.

PYROXIE.

Votre père a eu bien du chagrin, bien des tourments ces jours-ci.

JUANER.

Mon père, du chagrin! Eh! sang-Dieu! Pourquoi! Dites!

PYROXIE.

Ne le devinez-vous pas, cher jeune homme? A toute heure, il se lamentait, disant: Que lui sera-t-il arrivé? La forêt est pleine de monstres et de brigands.

JUANER.

Ah! c'est de moi, que mon père était en peine?

PYROXIE.

De qui donc, je vous le demande? Quand une partie de votre escorte revint sans vous, ce fut pour lui l'occasion d'un véritable désespoir. J'eus toutes les peines du monde à le consoler un peu.

JUANER, *railleur.*

Vous preniez la chose avec plus de philosophie, vous, Madame?

PYROXIE.

Oh! mon enfant, pouvez-vous le penser! J'étais désolée aussi; mais je raisonnais ma douleur.

JUANER.

C'était le plus sage.

PYROXIE.

Je disais au roi : de quoi vous mettez-vous en souci ? votre fils est jeune, vif, bien fait. Il aime le plaisir, comme on l'aime à son âge, et je trouve qu'il fait fort bien de s'amuser tout le saoûl. Il ne rira pas plus jeune. On doit se contenter dans la vie. Laissez Juaner dépenser gaiment le trésor de son exubérance. La morale est le code des impuissants. Qu'il fasse la chasse aux jolies filles de vos sujets. Cela vaut mieux que de débusquer de leurs repaires les bêtes sauvages. Hé ! hé ! hé !

JUANER.

J'avais raison de vous complimenter sur votre philosophie.

PYROXIE.

Là, voyons ; n'est-ce pas que j'ai visé juste, et que vous vous êtes esquivé de votre entourage, pour suivre sous la feuillée un petit pied fripon ?

JUANER.

Non, madame ; je me suis égaré dans le bois, j'ai été heureux de découvrir la hutte d'un charbonnier, qui m'a nourri de pain noir et de fromage. C'est ce matin, que j'ai retrouvé dans une clairière mon ami Govacer, et le reste de mes gens.

PYROXIE.

S'il en est ainsi, pour éviter le retour d'un tel désagrément, il vous faut, mon ami, renoncer à la chasse.

JUANER.

La chasse est mon seul plaisir. Je ne saurais m'en priver.

PYROXIE.

Bon ! Bon ! La chasse ! Ce n'est pas à moi que l'on en fait accroire, et jusqu'à preuve du contraire, je n'admettrai pas

que vous ayez passé deux nuits chez un charbonnier. Prenez garde, prince !

JUANER.

Des précautions, moi ! La prudence ressemble trop à la
peur. Croyez ce qu'il vous plaira ; que m'importe ? Vous ai-je
jamais demandé d'où vous êtes venue, vous ? Faites en autant
avec moi.

PYROXIE.

Voilà qui va le mieux du monde, et il n'y aurait pas le
mot à dire, si n'était une petite difficulté, oh ! bien petite, en
effet, une misère, à laquelle vous avez l'air de ne pas songer.
C'est que personne, pas plus vous qu'un autre, n'a rien à
voir à mes actions, et que moi, j'ai droit sur vous.

JUANER.

Qui est-ce qui a droit sur moi, s'il vous plaît ?

PYROXIE.

Vous m'entendez bien.

JUANER.

Entendez-moi, vous aussi. Qui que vous soyez, femme ou
démon, cela m'est égal ; ayez le courage de croiser vos regards avec les miens ; osez lire au fond de mes yeux. Voyez
si vous y découvrirez d'autres sentiments pour vous, que
l'aversion, et le mépris.

PYROXIE, *à part*.

Tu mourras.

JUANER, *à part*.

Je te chasserai.

PYROXIE.

Nous y voici, à la fin. Il ne craint pas d'insulter une
vieille femme, sa Reine, l'épouse de son père, sa mère !
et puis, cela se targue d'honneur, de loyauté, de noblesse !

Allez ; je n'attendais pas moins du sang empoisonné qui circule dans vos veines.

JUANER.

Je ne relèverai qu'un mot dans votre radotage. Vous vous êtes permis de dire que vous étiez ma mère ; n'y revenez plus. Si vous ne savez ce que vous dites, je sais, moi, ce que je ne veux pas entendre, fussiez-vous le diable en personne. Avis au lecteur.

PYROXIE.

Et moi, malgré vous, je prétends vous traiter comme mon fils ; je prétends veiller sur vous, et vous garder de votre propre folie. Que vous m'adressiez des remerciments ou des injures, il m'appartient de vous sauver, et aussi de vous aimer, et je n'y manquerai pas.

JUANER.

M'aimer ? comme vous aimez la chair fraîche, que vous voulez dévorer ! mais ici, vous perdriez vos vieilles dents. Allons, soyez franche dans votre haine. D'habitude, partout où vous êtes, on respire un air de trahison et de fausseté, qui soulève le cœur. Ah ! si le roi m'eût ressemblé, je réponds bien que vous ne seriez pas reine !

PYROXIE.

Il vous fâche que je le sois. Selon vous, ma prudence entoure votre père de trop de soins. Je vous gêne. Je mets obstacle à certains projets, qui ne m'ont point échappé. Qu'y faire ? Il faut vous en consoler, prince ! Eh ! Eh ! Eh ! votre fierté chevaleresque, en fin de compte, pourrait bien vous mener où vous ne croyez pas aller.

JUANER.

Tenez ; vos outrages me font pitié. J'en fais cas, autant que de vos bravades. Sous les accents de votre voix furieuse, j'entends je ne sais quel écho sourd d'une colère infernale ; dans les éclairs que dardent vos yeux obliques, je devine le reflet du feu de l'enfer ! et de tout cela je me soucie, comme du dernier sanglier que j'ai abattu. Votre art diabolique s'est-il jamais essayé contre un homme? En voici un qui se rit de vous. Adieu, majesté de hasard ! je me rends auprès du roi.

(Il sort.)

PYROXIE, *seule*.

Guerre ouverte avec toi, maudit impudent! ou plutôt non, guerre sourde! c'est plus long ; mais c'est plus sûr. Ah ! vous jetez avec dédain l'arme de la prudence, jeune effronté! je la ramasserai, moi, qui pourtant n'ai pas peur de vous, et je vous ferai voir à quoi elle peut être utile. Mon esprit et mon corps se redressent de bonheur, au moment de la lutte. Je persévèrerai ! je triompherai, comme toujours.

(Le carrefour de la forêt. Il fait nuit).

CREIPHYSIO, *seule*.

Juaner est encore absent depuis ce matin. On l'a vu se diriger de ce côté, et se perdre dans la forêt. C'est au milieu de ces vastes ombrages, qu'est cachée la retraite où dort Synédise. Si Juaner en a trouvé le chemin, malheur à moi! il s'agit pour nous, Creiphysio, de vie ou de mort; car l'accord des hommes et de la nature, c'est ma mort. Oh! si je pouvais me glisser comme une couleuvre jusqu'à ce château ! si je pouvais y pénétrer comme un souffle de la bise ! mais, hélas ! ma rivale fait bonne garde, et mon pouvoir expire devant ce rideau de verdure.

Etres incréés, noirs ennemis de l'homme, vous qui fermentez dans les gouffres insondables du chaos central, qui luttez sans cesse contre l'intelligence souveraine, et ré luisez sou-

vent à néant l'œuvre de plusieurs générations, venez en aide
à votre alliée ; venez me dire ce que font mes adversaires. Il
faut qu'à tout prix je le sache. Reveillez-vous au bruit de mon
appel ! — Quoi ! rien ne me répond ! me juge-t-on pareille à
la cigale, dont l'âme se perd avec la voix ? pense-t-on que
j'ai oublié la formule du commandement ?

LA CONJURATION.

Quand minuit sonne, il faut monter !
Quand minuit sonne, il faut fouetter
  La terre verte.
Fleurs à flétrir, fruits à gâter,
Que tout y passe ! Alerte ! alerte !
Souffle sur l'âme, et travaille à sa perte.

Tout se heurte, et n'offre ici bas
Qu'un pêle mêle de combats;
  Faisons la guerre.
Cœurs et rocs sont durs ; n'as-tu pas
Des regards, qui plus durs que verre,
Percent à jour et les cœurs et la pierre ?

La lune est morte et froide. Allons !
C'est moi qui la tuai. Fouillons
  La face inerte
De la terre que nous brûlons.
Elle est vivace. Alerte ! alerte !
Souffle sur l'âme, et travaille à sa perte.

Serpents, crapauds au ventre mou,
Mignons scorpions, venez où
  Ma voix vous mène.
Les paresseux ont tort. Leur cou
Sera rivé dans la Géhenne.
Esprits sans nom, nouez, nouez la chaîne !

L'incantation est finie, et tout fait silence. Tout est-il donc froid, là bas dessous ? l'enfer est-il donc sourd ? ô malédiction !

> On voit paraître, par dessus la cime des arbres, et comme à travers un brouillard qui se dissipe, les tours éclairées du Château des Siècles. En même temps passé et s'élève à l'horizon, le charriot resplendissant d'Irbella, sur lequel sont debout, Juaner et Synénise. Ils disparaissent.

CHŒUR, *des fées invisibles.*

Eclairez la terre en montant,
Couple vainqueur, astre éclatant
　　Sorti de l'ombre !
Rois splendides de l'avenir,
Je viens à vous, pour vous bénir
　　Dans la nuit sombre.

Le cœur du globe est apaisé,
Sans que sa fièvre ait embrasé
　　La masse entière.
Les monstrueux avortements
Se figent aux creusets fumants
　　De la matière.

La surface du sol nouveau,
Sous tes pieds, ô Creiphysio,
　　Gronde et se serre.
Tes frères, par l'enfer élus,
Tes vieux serpents ne peuvent plus
　　Percer la terre.

Et la Rose des jours heureux,
Sous un ciel encor vaporeux,

Luit, pâle et blonde,
Et la lumière blanche à flots
Semant la vie et le repos,
Dans l'air abonde.

O vous, dont le ciel se souvient,
Voyez ! le temps est proche ; il vient ;
L'erreur s'expie.
Couple rayonnant d'avenir,
Du mal et de Dieu va finir
La lutte impie.

CREIPHYSIO, *seule.*

Non ! je ne suis pas vaincue encore. Je n'ai pas com-
battu durant tant de siècles, et semé le globe de mes
victoires, pour me laisser abattre par un échec. S'il faut que
je te livre ce monde, ô rivale abhorrée ; s'il perd ma féconde
énergie, tu le ramasseras brisé, efflanqué, sans force pour le
bien, et digne de renvoyer à la lune la pâle lueur de la
mort.

ACTE CINQUIÈME.

Intérieur d'une tente militaire très simplement meublée. Armes, trophées,
lit de camp, quelques siéges de bois, petite table couverte de plans et
de papiers. JUANER, en habit de guerre, est assis, et accoudé à la table.

JUANER *tenant une lettre dépliée.*

O lettre de ma chère Synédise ! Précieux velin, moins
blanc et moins satiné que la main qui t'a pressé ! Carac-
tères adorés qui me traduisez son cœur d'ange ! Mes lèvres
et mes yeux depuis une semaine, vous ont caressé bien
des fois, et pourtant j'ai toujours du bonheur à vous relire.

(*Il lit*).

« — Ne croyez pas, mon époux bien aimé, mon Juaner,

que, loin de vous, votre Synédise laisse amollir son courage
aux tristesses de l'absence. Je ne serais pas digne de votre
amour , si je ne savais garder une âme égale dans les épreu-
ves de la vie. Voilà quatre ans que je suis votre femme,
et je me trouve bien heureuse au milieu des incertitudes
de notre sort, en pensant que je suis aimée de toi, Juaner!
Nos deux enfants croissent en force et en beauté. Je leur
enseigne chaque jour à adorer leur père, à avoir une foi
aveugle en sa tendresse, et en son courage. Ta petite Aurore, l'aînée, pleure de bonheur à ton nom ; et son frère,
mon petit Orient, bégaie déjà ce nom comme une confuse
espérance. Il a raison, le pauvre enfant ; ton nom, répété
par moi, à toute heure, est mon unique talisman, ma consolation. Ami, que fais-tu loin de ta Synédise ? Ta pensée,
Juaner, vole souvent vers moi ; j'en suis sûre ; je le sens.
Tu vaincras tes ennemis ! mais de grâce, ne t'expose pas
trop dans les batailles ! aie pitié de ma faiblesse! pardonne-
la moi. Tu as prié la fée bienfaisante Irbella, de te laisser ar-
ranger sans aide notre destinée. Ton cœur fier a voulu
se mesurer seul avec l'adversité! Je t'admire, et je tremble.
Ici, moi et mes enfants nous menons une paisible vie dans
notre château ignoré. Sois en repos sur nous ; mais n'oublie pas que si je venais à te perdre, toi, mon seul ami,
mon seul soutien, je me laisserais mourir avec tes deux
enfants. Adieu. Les bottes électriques de mon messager Pyg-
mée trépignent d'impatience. Demain, il m'apportera ta réponse. — Quelle joie pour ta fidèle Synédise ! — »

JUANER.

O Synédise ! ni mon amour, ni mon courage, n'ont pu
encore te donner le bonheur. Quel être incomplet que l'homme! il ne peut rien pour lui-même. Moi, je l'ai dit ; je ne
veux pas être comme un enfant, qu'on mène par la main le

long d'une route difficile. — Malheur aux ennemis qui me combattent à front découvert. Eux, du moins, je puis les voir et les toucher. Qu'il me tarde de les joindre ! — Il y a déjà un mois que je n'ai vu Synédise, et quand la reverrai-je ? Les mauvais présages ne me manquent pas. Mais ce que j'ai en moi est plus fort que le sort, plus vivace que la vie ; car, d'une âme qui se connaît elle-même, Dieu seul peut mesurer l'élan.

GOVACER, *entrant dans la tente.*

Prince, les deux jeunes soldats que vous avez envoyés vers la capitale sont de retour. Faut-il qu'ils entrent ici ?

JUANER.

Mes ordres de cette nuit sont-ils exécutés ?

GOVACER.

Oui, Prince. L'armée achève de prendre ses positions de combat. Tout se prépare pour une bataille désespérée. Votre Altesse pourra bientôt voir si ses lieutenants ont bien compris sa pensée.

JUANER.

Dis aux deux jeunes soldats de venir me rendre compte de leur voyage.

> *Govacer s'incline et sort. Pierre et Paul entrent aussitôt, et saluent respectueusement Juaner, qui est demeuré assis.*

JUANER.

Que se passe-t-il à la ville, et dans la forêt ? J'ai mis ma confiance en vous, mes compagnons. Qu'avez-vous vu ?

PIERRE.

Votre Altesse va juger si nous sommes fidèles. (*A Paul.*) Parle, toi, le premier. Ce que tu as à dire, est le plus important.

PAUL, *s'avançant et portant la main à son casque.*

Dam ! oh ! dam, monseigneur ! C'est que je ne voudrais pas, pour des épaulettes de général, fâcher Votre Altesse, et... J'ai peur... que...

JUANER.

Tu as peur ? Alors tu n'es pas un bon soldat.

PAUL.

Bon pour me battre, oui, mon Prince ! oh ! pour ça, je n'ai pas peur ; mais fichtre ! voyez-vous ; c'est cette langue qui ne veut pas aller au pas.

JUANER.

Qu'elle aille au diable, et toi aussi !

PIERRE, *s'avançant et saluant.*

Je m'en vas vous dire ce qui lui donne du tintoin, à ce garçon-là. Le roi, votre père et notre Sire, est mort.

JUANER, *se levant, et allant à eux.*

Mon père est mort ! En es-tu sûr, malheureux ? Achève. Parle, parle !

PIERRE, *à Paul.*

La bombe est lancée. Continue à présent ton rapport.

PAUL.

C'est comme vous a dit Pierre, monseigneur. Hier, sur la brune, on a planté le drapeau noir devant le palais. La Reine, votre belle-mère, a fait ordonner, sous peine de pendaison, à tous les habitants, de rester chez eux, et de s'y barricader. On a fermé les portes de la ville ; et il est expressément défendu d'en sortir. Je me suis esquivé dans la nuit, et voici l'adieu que m'a adressé un des gardes du rempart. Ah ! le maladroit !

(Il montre son habit troué.)

JUANER.

Mais, mon père? Que sait-on de lui? N'as-tu interrogé personne du palais ?

PAUL.

Pardonnez-moi, Votre Altesse. C'est le grand majordome, qui m'a dit lui-même, en pleurant, de vous dire... que...

JUANER.

Mais ne vois-tu pas que tes hésitations me mettent au supplice ! Dépêche ! Redis-moi tout.

PAUL.

Ah ! mon Prince, le majordome, qui vous est si dévoué, assure que c'est la reine Pyroxie en personne, qui a empoisonné notre maître ; et qu'aujourd'hui même, un ramas de vauriens à ses gages, doit la proclamer souveraine absolue, en vous déclarant, vous, déchu du trône. J'atteste Dieu de la vérité de mon récit.

JUANER, *sur le devant de la scène.*

Mon père empoisonné ! ô mon père, c'est mon orgueil qui vous a tué. J'ai refusé la protection d'Irbella, et j'ai été impuissant à vous secourir. Silence, mon cœur ! Il s'agit de venger mon père, ou de tomber. (*A Pierre.*) Toi, qu'as-tu à m'apprendre ?

PIERRE.

Oh ! moi, mon Prince, j'ai moins de grabuge à vous annoncer. Selon votre commandement, j'ai battu la forêt, et je n'y ai pas rencontré le moindre brigand, ni la queue d'un sorcier, ou le bout du nez d'un ogre. Au fait, rien de cela ne doit faire peur à un soldat. Les arbres continuaient à verdir ; les oiseaux...

JUANER.

Les tours du Château des Siècles dépassent-elles encore la cime des arbres ?

PIERRE.

Impossible de les voir d'aucun côté, Votre Altesse. Les sapins ont dû grandir de nouveau.

JUANER.

As-tu regardé de tous les points ?

PIERRE.

Oh ! quant à ce qui est de ça, parfaitement. Mais il y a une chose singulière, qui se passe dans cette forêt. Figurez-vous, monseigneur, qu'à l'endroit même, où nous vous perdîmes de vue, il y a quatre ans, vous et le général Govacer, il s'est creusé un gouffre noir, un abîme dont personne ne peut voir le fond, et qui jette parfois des feux sombres, avec un bruit qui fait trembler.

JUANER.

Ah ! toi aussi, tu as tremblé !

PIERRE.

Ma foi, oui, Monseigneur ; mais ça ne m'a pas empêché d'y aller voir tout de même.

JUANER.

Tu as vu de tes yeux ! c'est bien.

PIERRE.

A telles enseignes, que j'ai vu ce vilain trou, qui s'étendait, s'étendait comme une énorme tache d'huile, dévorant les chênes et les brûlant commè des allumettes.

JUANER.

As-tu remarqué la direction que prenait le gouffre en s'agrandissant ?

PIERRE.

C'est aisé. On dirait, sauf votre respect, qu'il s'ouvre un chemin vers le Château des Siècles. Et ça ne doit pas vous

étonner, ni moi- non plus, parce que tout ça, m'est avis;
c'est de la diablerie, où le diable n'entend goutte. Et je
me disais, moi, que c'était peut-être le château qui s'est
changé présentement en trou, et sur ce...

JUANER.

N'as-tu rien vu de plus dans le bois ?

PIERRE.

C'est bien assez comme cela.

JUANER, *aux deux soldats.*

Toi, et toi, souvenez-vous qu'il vous est sévèrement défendu de dire à âme qui vive, un mot de ce que vous venez de me révéler.

PAUL.

Monseigneur sait bien que nous mourrons plutôt que de
lui désobéir.

JUANER.

Vous verrez que je m'en souviens. A vos postes, mes braves. L'armée va se mettre en marche.

(*Les deux soldats sortent.*)

JUANER, *appelant.*

Govacer !

GOVACER, *paraissant.*

Me voici !

JUANER.

Qu'on lève le camp. Il faut que dans une heure, l'armée
soit en marche sur la capitale.

GOVACER.

Sur Céalta ?

JUANER.

Sur Céalta.

GOVACER.

Impossible, mon prince.

JUANER.

Qu'est-ce à dire, impossible ! Je te dis, moi, que ma vie, mon honneur, et quelque chose de plus encore, me forcent à rétrograder sur le champ, vers le centre de l'empire. Faut-il te le dire, Govacer ? mon père est mort. Pyroxie, qui l'a tué, se fait proclamer reine, et... ce n'est pas tout.

GOVACER.

O Dieu ! le roi est mort ! Et dans ce moment même, l'armée ennemie, quatre fois plus nombreuse que la nôtre, couronne les hauteurs qui dominent notre camp. Des transfuges m'ont appris que l'empereur Coradès en personne, s'est mis à la tête de ses soldats.

JUANER.

Je dis comme toi, Govacer. Il nous est impossible de sortir du cercle que la destinée a tracé ! As-tu disposé l'armée comme je t'en avais donné l'ordre ?

GOVACER.

Je vous ai fidèlement obéi, Sire. Qu'il me soit permis de vous saluer le premier de ce nom respecté.

JUANER.

Non ! non ! Je ne veux porter ce titre, qu'après avoir fait toucher la terre à mes ennemis.

GOVACER.

Vainqueur ou vaincu, Juaner est roi, roi par le cœur et le génie.

JUANER.

Nous allons, dans un instant, monter à l'assaut des retranchements de Coradès. Prenez avec vous l'aile droite, général. Moi, je vais mener notre aile gauche contre l'élite de cet orgueilleux empereur. Je ne sais si le sort me réserve la victoire ; mais je sais bien que, si nous devons succomber, Juaner ne portera pas longtemps le poids de la défaite.

GOVACER.

Venez vous montrer à votre armée, Altesse ! Vous verrez écrite sur les visages farouches de vos soldats la résolution de demeurer vainqueurs ou morts.

JUANÉR.

Faites porter au premier rang, à côté de mon drapeau de pourpre, un drapeau noir, signe du deuil de mon âme. Ces deux couleurs unies prouveront à nos troupes, que nous n'avons qu'une chance d'échapper à la mort, la victoire.

GOVACER.

J'attends que Votre Altesse me donne les mots de rallie-ment, pour les chefs des légions.

JUANER.

Les voici, général : c'est, *Eva, Eleuthera*. Maintenant, cher compagnon de ma vie, toi, mon frère, par le cœur et par la pensée, embrassons-nous, non pour nous attendrir comme des femmes, mais pour sentir encore une fois contre notre poitrine une poitrine amie. Cela fait du bien, au moment d'une bataille.

GOVACER, *après l'avoir embrassé.*

Ta grande âme s'est communiquée à moi dans cette étreinte. Que sont toutes les vies des hommes, en regard de la tienne, Juaner ? Tu dois vaincre, ou bien le Chaos était le seul Dieu.

FIERRE, *entrant d'un pas rapide, et saluant.*

Pardon, mon Prince, si j'entre hardiment sous votre tente. Un événement bien étrange vient d'exciter la fureur de toute l'armée. Au moment où, d'après l'ordre du général Govacer, on plantait votre grande bannière en avant de nos lignes, en face de l'ennemi, voilà que ce drapeau, nous l'avons tous vu, s'est incliné de lui-même, comme pour nous montrer le chemin, et de sa lance d'or sont sortis à deux reprises, de longs éclairs.

JUANER.

Nous allons le suivre, et tandis que la terreur, sur l'aile de ces éclairs, s'est répandue parmi nos ennemis, prenons le pas militaire ; passons à travers leurs rangs, comme les faucheurs à travers des épis mûrs. Salut, bataille grondante ! Ta voix de bronze fait taire toutes les autres ; ta formidable rosée retrempe les âmes des braves, soit pour la vie, soit pour la mort.

La façade du Château des Siècles occupe le côté droit du théâtre, qui représente la cour d'honneur placée devant le perron. Cette cour, au fond du théâtre, et sur une assez grande partie du côté gauche, est coupée par un abîme très vaste, où bouillonne de temps à autre, une écume enflammée. Synédise est seule sur le balcon, qui domine la porte du château.

SYNÉDISE.

D'où me viendra du secours ? quel pouvoir, soit du ciel, soit de ce monde, aura pitié de nous ? La bouche de l'enfer, qui s'est ouverte pour nous engloutir, s'élargit sans fin autour de moi, et j'entends parfois monter jusqu'ici, des rugissements de triomphe, qui me glacent d'horreur. Mes serviteurs stupéfiés se sont cachés dans les profondeurs de la maison. Déjà le mur d'enceinte, qui séparait ce château de la forêt, s'est abîmé dans les flammes ; déjà la tache sombre est là tout près, béante, menaçante. Et personne ne répond à mon cri de détresse, Et bientôt il faudra mourir ! mourir sans revoir mon Juaner! sans pouvoir lui dire adieu! mourir avec mes deux enfants, qui, là dedans, dorment du sommeil des anges, insoucieux de l'enfer qui les guette et les attend. Mes enfants ! ils ne reverront plus leur père, leur père qui les embrassait en pleurant de bonheur, qui aurait mieux aimé voir couler son sang que leurs larmes ! et maintenant, seule avec ces deux petits abandonnés, je les verrai se réfugier dans mes bras avec des pleurs d'épouvante. Ils crieront à leur mère de les sauver, et je ne pourrai rien pour eux. O Juaner, mon époux, mon appui, la voix de ta femme ne peut-elle percer l'étendue, et arriver jusqu'à ton cœur. Toi, qui pour venir à moi, sus renverser la barrière posée par le destin, quel sortilége aujourd'hui te retient loin de tes enfants, et de ta Synédise ? Ne viendras-tu pas vers celle qui t'implore, et qui va périr ? Ah ! Juaner, pourquoi m'as-tu réveillée de mon sommeil de mort, si tu devais m'abandonner un jour ! Pourquoi as-tu rejeté le secours d'Irbella, qui nous eût fait éviter tous les piéges du chemin, qui eût poussé les méchants sous tes pieds ! Certes, jamais âme ici-bas ne fut plus grande que la tienne ; mais le génie du mal est plus fort que toute âme humaine ; et il se rit de nos efforts. Oh ! que ce vent qui passe, te porte au moins mon dernier adieu, les derniers sons de ma voix ! Adieu, mon unique amour ! Adieu, ma pensée ! Adieu, mon espérance ! Je mourrai loin de toi ! Et nul cœur, sur la terre, ne t'aimera comme t'a aimé Synédise !

(On entend une forte explosion souterraine).

Quel bruit sinistre ! Est-ce l'appel de Creiphysio ? Ah ! je ne veux pas qu'elle me trouve faible. Je suis Synédise, la reine des hommes, la femme de Juaner. Le danger peut s'approcher ; je le regarderai sans baisser la tête, car je vaux mieux que lui, et je lui disputerai mes enfants jusqu'à mon dernier souffle.

(*Seconde explosion, Creiphysio paraît vêtue de noir*).

CREIPHYSIO.

Eh ! vous êtes là, ma filleule ! Recevez le bonjour de la fée Creiphysio. Vous n'ignorez pas que je suis votre marraine, et je puis dire que j'ai toujours eu pour vous une sollicitude incroyable. Vous voilà bien esseulée, ma toute belle, bien anxieuse ! Je conviens que vous en avez beau sujet. Pauvre petite ! se voir tout près de tomber dans un gouffre, où, à coup sûr, il ne fera pas bon ! Mais aussi, votre autre marraine, l'imprudente Irbella, a eu grand tort de ne pas vouloir vous laisser dormir votre tranquille sommeil. Vous n'auriez pas fait la coquette avec ce jeune écervelé de Juaner, qui, à l'heure présente, gît mourant et vaincu, sur un champ de bataille. Je vois bien que cela vous afflige ma pouponne. Oh ! c'est à regret que je vous l'apprends ; mais j'ajouterai, pour vous consoler quelque peu, que je suis présentement reine absolue de cet empire, le plus puissant de la terre. Par malheur, ma puissance ne peut rien, ni pour vous, ni pour vos enfants. Où sont-ils, ces chers enfants, ces bijoux ? hélas ! hélas ! j'aurai bien du tourment, quand tout à l'heure, je vais les voir s'engloutir, ainsi que leur mère, dans les ténèbres de la mort éternelle. Tenez ! vous voyez que j'en pleure. Ah ! Ah ! Ah !

(*Elle rit*).

SYNÉDISE.

Tu mens ! tu mens, noire Creiphysio. La terre n'est point faite pour t'appartenir. Juaner n'est pas vaincu. C'est lui, lui, mon héros, qui te chassera, te foulera aux pieds, comme un scorpion immonde. Ta victoire ne sera pas de longue durée; et si je dois mourir par tes maléfices, souviens-toi que ma dernière malédiction te sera fatale.

CREIPHYSIO.

Fais-donc comme tous tes pareils, comme tous les humains qui t'ont précédée. Meurs, en implorant un secours qui ne vient pas ! Meurs, en espérant un avenir qui fuit toujours. Insensée! tu m'annonces ma défaite, et tu ne verras pas le moment qui va suivre.

(Se penchant sur le gouffre.)

Typhon ! lève-toi pour le dernier combat, pour le dernier effort. Prends cette victime, la plus noble, la plus fière que je t'aie offerte. La victoire aura été dure à arracher. Mais glorifions-nous ; car, Synédise étant morte, Juaner est impuissant ; Juaner nous appartient.

VOIX *de la terre.*

Gloire à nous, rois de l'abîme !
Que notre chant se ranime !
Que notre haleine envenime
Les vents, le sol et la mer !
Synédise plie encore
Sous les verges de l'enfer.
Mourez au feu d'un éclair,
Bel Orient, jeune Aurore,
Et que l'ombre vous dévore !
Notre esclave est Juaner ;
Car sous les verges d'enfer
Synédise plie encore.
O Serpent du premier jour,
Dieu-Serpent, ton œuvre est belle !
Va, mords ta queue immortelle,
Qui du globe fait le tour.
La terre est tienne, et renie
L'autre Dieu : l'œuvre est finie.

CHŒUR *des fées invisibles.*

Oui, votre œuvre est finie, êtres mystérieux !
Entendez-vous marcher, dans la forêt conquise,
Le clairon triomphal du roi victorieux,
De Juaner, qui vient délivrer Synédise ?

Honte sur vous, maudits ! Les gouffres épuisés
S'ouvrent pour engloutir vos faces grimaçantes !
Acharnez-vous, vaincus, sur vos frères brisés !
Mordez au vieux levain des rages impuissantes.

Car, du haut de leurs monts, les hommes, tout joyeux,
Se disent l'un à l'autre, en regardant la plaine :
— Voyez-vous pas là-bas, aux limites des cieux,
Avec ses deux enfants, venir la grande Reine ? —

Et maintenant, dis nous, pâle Creiphysio,
Où donc est ton génie ? où donc est ta victoire ?
Ce monde, qui tremblait sous toi comme un roseau,
Te chasse, et jette au vent ton sceptre dérisoire.

SYNÉDISE.

Juaner est vainqueur ! Juaner me sauve encore ! Oh !
courons au devant de mon époux.

> *Elle quitte le balcon. — On entend une fan-*
> *fare belliqueuse, sonnant une marche.*
> *Les gardes de Juaner, commandés par*
> *GOVACER, et parmi lesquels sont PIERRE*
> *ET PAUL, entrent portant des drapeaux*
> *entourés de lauriers. Ils se rangent sur*
> *les côtés du théâtre. JUANER les suit,*
> *ayant couronne royale sur son casque,*
> *et l'épée nue à la main. IRBELLA, sur*
> *son char de feu, apparaît, au haut de*
> *la forêt, entre ciel et terre.*

CREIPHYSIO.

Ah! Coradès est mort! Mon règne est passé! Anathème sur moi, et sur celui qui m'a faite!

> *Elle s'élance dans le gouffre, qui se ferme avec fracas. A la place où il était, on ne voit plus qu'une verte pelouse.* SYNÉDISE, *qui sortait du château, au moment où Creiphysio s'abîmait, se jette dans les bras de Juaner. Les drapeaux se sont inclinés devant elle.*

SYNÉDISE.

Mon sauveur adoré! mon roi! Viens embrasser tes enfants.

JUANER.

Et venez tous les trois dans ma capitale, apporter le bonheur et la paix aux mortels trop longtemps humiliés. O chère Synédise, j'ai enfin à t'offrir une couronne de gloire! Je puis te rendre la splendeur de tes premiers ans.

SYNÉDISE.

Je quitte sans regret cette demeure, où j'étais captive, où l'ennemie reviendra peut-être.

> *IRBELLA s'est lentement approchée, de manière à ce que son char touchât presque la terre, et elle leur dit :*

Votre ennemie est morte. Elle a consumé sa force dans ce combat de Titan. La victoire de Juaner l'a anéantie. A cette heure, le levain dont était formée son âme perverse, est dissous pour l'éternité. Ses complices n'auront plus le pouvoir de soulever la croûte épaisse, qui est retombée sur eux. Voilà l'effet de ton courage, Juaner. Voilà la récompense de ta vertu. Tu as eu foi en toi-même, et tout obstacle a été brisé.

13

— Couple lumineux, roi et reine du présent et de l'avenir, rayonnez sur le monde renaissant. Votre temps est venu. La vie va s'épanouir, avec la fleur divine de la Liberté. — Adieu ! vous êtes heureux ; je vous laisse. Mais d'un globe à l'autre, nos voix amies échangeront souvent des chants de bonheur, et cette humble planète ne suera plus le mal et la misère. Adieu, noble Juaner! Synédise, ma fille, adieu jusqu'au jour de la réunion éternelle !

> *Le char de la fée remonte et la remporte. La cour de Synédise est sortie du château, après sa Reine, et s'est mêlée aux soldats.*

CHŒUR DÉ TOUT LE PEUPLE.

O fée, honneur à toi, sainte libératrice !
Honneur au couple auguste, amenant la justice !
Qu'il règne, vénéré, sur nous, sur nos neveux !
Toi, lyre, pour ces rois fais résonner tes fibres.
  Par eux nous sommes libres ;
   Qu'ils soient heureux !

VOITURE A VENDRE

La grande place du palais à Céalta, capitale de Juaner et de Synédise. Au fond est le palais, d'une grandiose architecture. De chaque côté sont des maisons d'un style simple et sévère. Ces maisons sont séparées par de larges rues. Sur la place, et devant le palais, sont divers groupes de sculpture, et des statues en marbre et en bronze. Une foule de Céaltais, bourgeois et gens de métier, hommes, femmes et enfants, considèrent en tout sens le char de la fée Irbella, lequel a son avant-train engagé dans une rue, de manière à ne laisser voir que l'arrière au spectateur. Il est dépouillé de rayons. Parmi les Céaltais, sont PIERRE et PAUL, en costume de sergent de la garde, et le MAITRE CHARBONNIER avec son ouvrier JEAN. PETIT POUCET circule parmi les assistants.

LE CHARBONNIER, à Jean.

Oui, cornichon, c'est comme j'ai l'honneur de te l'insinuer. Monseigneur Petit Poucet, qui est assez bon pour daigner se promener là, devant nous, a fait une grosse fortune, en s'acquittant des messages de notre grand roi Juaner, et de notre grande reine Synédise. En voilà, des souverains, tels qu'on n'en a vus nulle part, ni même soupçonnés ! Aussi, faut voir comme je les adore ! Jamais je n'ai adoré personne de cette force. Je ne sais à quoi il tient que, tout présentement, je ne crie à plein gosier : hourrah pour le Roi ! et : hourrah pour la Reine !

JEAN, *à part.*

Il n'a pas d'autre refrain, et il en devient bête. Je l'ai entendu parler de même de tous les rois, et de toutes les autorités généralement quelconques, qui ont passé sur ce pays, à commencer par les gardes champêtres.

LE CHARBONNIER.

Tu ne sais ce que tu dis. Il faut préférer toujours ceux-là qui le méritent. Or, ceux qui le méritent le plus, c'est toujours ceux que nous avons. Je reprends le fil de mon explication. Ecoute bien. Monseigneur Petit Poucet, ayant fait fortune, veut se marier.

JEAN, *regardant Petit Poucet.*

Lui ! un homme si petit !

LE CHARBONNIER.

Apprends qu'un personnage de sa sorte n'est jamais si petit. D'ailleurs, crois-tu qu'il manquera de femmes ?

JEAN.

Des femmes ! des femmes ! dites donc, patron ; c'est comme si je voulais des livres, moi qui ne sais pas lire.

LE CHARBONNIER.

Cela peut s'apprendre. Enfin, tant y a, que pour augmenter sa dot, Monseigneur Petit Poucet veut mettre en vente le char de madame la fée Irbella, tu sais, la marraine et l'amie de Sa Majesté Synédise. C'est la Reine elle-même, qui a fait ce cadeau à son messager, parce qu'elle l'estimait beaucoup, ce messager, et aussi parce qu'elle n'avait plus besoin du susdit char.

JEAN.

Vendra-t-on les quatre dragons avec ?

LE CHARBONNIER.

Dix, s'il y en avait. On peut les voir là-bas, qui déjeûnent gentiment avec des couleuvres ; car il paraît que sur terre, ils ne mangent guère autre chose.

JEAN.

Ah ! comme je vas me dépêcher de la lui acheter, sa drôle de voiture ! Plus souvent, bourgeois ! et vous ?

LE CHARBONNIER.

Cette voiture ne m'est pas indifférente. On en ferait une bonne brouette à fumier, si ce n'était les quatre dragons. Motus ! Voici Monseigneur !

PETIT POUCET, *s'adressant à l'assistance.*

Je suis enchanté, mes bons amis, que vous soyez venus en grand nombre, pour m'acheter ce char, dont notre belle Reine a bien voulu me laisser disposer. Quelques-uns de vous auraient pu craindre peut-être, de se brûler en montant sur ce véhicule. Voyez, pour le mettre à votre portée, on lui a ôté tous ses rayons. Il ne lui en reste pas plus que vous n'en avez vous-mêmes autour de la tête. N'ayez pas peur aussi qu'il vous emporte jusqu'au monde idéal de Saturne. Depuis que la mystérieuse Déesse de ce globe, a versé sur le nôtre la sérénité, qu'elle seule pouvait nous donner, elle a voulu que l'équipage, laissé par elle sur la terre, ne pût désormais voler plus loin que les planètes de Vénus et de Mars, ce qui sufût parfaitement à vos besoins ordinaires. Quant à mes dragons ; oh ! les pauvres ! Ils sont si peu méchants, qu'on devrait bien plutôt les appeler des moutons. C'est à peine s'ils vous mangeront un homme, tous les trois mois. Vous allez les voir. Ainsi, mes chers, qu'on me fasse une offre raisonnable, je cèderai sur l'heure mon carrosse, avec la manière de s'en servir. Bien plus, pour faciliter la vente, je consens à prendre

à l'estimation, les qualités, talents et mérites des gens, quⁱ
voudraient me donner en paiement ces avantages, plutôt
que de l'argent comptant.

*(Petit Poucet va se placer sur le char, en
vue de tous.)*

PAUL, *à Pierre*.

Ce petit matois me fait l'effet d'un enjoleur, qui veut nous
repasser une machine hors de service.

PIERRE.

Bah ! si ce chariot n'a plus son ancien éclat, ce n'en est
pas moins une curiosité, une pièce rare.

LE CHARBONNIER.

Hein ? que disait monsieur le sergent ?

PAUL.

Qu'on ne vous conseille pas d'échanger votre âne contre ces
dragons.

JEAN.

Dieu nous en préserve, sergent ! notre âne, du moins, ne
perd jamais terre.

PETIT POUCET.

Allons, Messieurs et Mesdames, un peu de courage ! Ap-
prochez-vous ! que chacun apprécie la marchandise. On est
décidé à faire un sacrifice. — Ah ! bon ; voici quelqu'un quⁱ
s'avance. Monsieur, j'ai l'honneur de vous saluer. Que me
donnerez-vous bien, pour ma calèche ?

LE CHALAND.

Ma raison ; j'en ai à revendre.

PETIT POUCET.

Je veux le croire, Monsieur, n'ayant pas l'avantage de vous
connaître. Dites-moi quelle est votre profession.

LE CHALAND.

Métaphysicien juré. Vous sentez que ma raison m'est com plètement inutile.

PETIT POUCET.

Très-bien, et à moi aussi. Vous n'avez pas de quoi payer ma voiture. A un autre, s'il vous plaît.

LE CHALAND.

Comment, Monseigneur ! vous prétendez !...

PETIT POUCET.

A un autre ! à un autre, vous dis-je ? Je n'ai pas de temps à perdre dans les nuages. — Voyons, vous, Monsieur, qui êtes vêtu de noir, comme on l'était, il y a deux cents ans, quelle valeur m'offrez-vous ?

L'HOMME NOIR.

Mon infinie mansuétude.

PETIT POUCET.

Et vous êtes ?

L'HOMME NOIR.

Procureur fondé du ciel.

PETIT POUCET.

Oui-dà ! je ferais un beau marché, avec ce que vous appelez votre mansuétude ! votre offre ne vaut pas un liard. Le ciel et et la terre, ici, n'ont pas besoin de vous. Retournez d'où vous êtes venu. Eh ! Eh ! je vois venir un homme à mine austère, q i a sans doute quelque chose de mieux à nous proposer.

L'HOMME GRAVE.

Ma conscience ! c'est ma monnaie courante, à moi ; monnaie qui n'a jamais été refusée, parce que je suis un homme éminemment sérieux, un homme raide comme le fil à plomb. Vous remarquerez que ma conscience est une monnaie morale, qui l'emporte de beaucoup sur la monnaie matérielle ayant cours chez le vulgaire. Celle-ci, en effet, n'a de valeur qu'autant qu'elle est marquée du coin légal; la mienne est d'un prix inestimable, car elle est frappée à l'empreinte de mon jugement.

PETIT POUCET.

Cela veut dire que c'est de la fausse monnaie, tout comme la mansuétude du monsieur vêtu de noir. Je n'ai que faire de la fumée de votre orgueil. Croyez-moi ; vous pouvez revernir à neuf de vieilles voitures ; vous n'êtes pas né pour monter sur la mienne. Ceci dit, laissez-nous. — Je commence à craindre que mon attelage ne trouve pas d'acquéreur. — Eh ! per Dio, il en vient encore un ! M'apportez-vous, cher monsieur, une monnaie un peu moins creuse que celle de ces gens-ci ?

LE NOUVEAU VENU.

Oui, monseigneur ; je vous apporte une découverte.

PETIT POUCET.

Oh ! oh ! une découverte ! Cela peut valoir son prix. Je remarque qu'il a une honnête figure, ce brave homme-là.

LE NOUVEAU VENU.

Une grande découverte. J'ai reconnu et démontré jusqu'à l'évidence que le globe de la terre, la planète où nous vivons, n'est autre chose qu'un... animal.

PETIT POUCET.

Un animal !

LE NOUVEAU VENU.

Dont le cœur est un aimant, dont le sang est la mer, dont les veines sont les rivières, dont les appareils respiratoires sont les volcans, et dont les palpitations régulières se voient comme à l'œil nu. Toutes ces analogies ne vous frappent-elles pas d'abord ? Vive l'analogie ! c'est la clef de tout. Observez, monseigneur, que je ne suis pas de ces songe-creux, qui vous soutiendraient que la mer elle-même est une grosse bête. Croiriez-vous qu'un arrière neveu d'Ixion vient de la faire dialoguer en vers avec une Araignée ? Peut-on extravaguer à ce point ! — Mais la terre, c'est bien différent, et vous le comprenez à première vue.

PETIT POUCET.

Ceci me plait fort. La terre est, selon vous, un être animé. Voilà, certes, un animal qui n'est pas folàtre, et qui pourtant peut se dire heureux. Il est plein de vermine, et il ne peut se gratter ; et pour toute distraction, pour locomotion unique, il est réduit à tourner sans cesse du même pas et de la même manière, et par le même chemin, autour du même point. Où ce spirituel animal a-t-il les yeux ? C'est ce que l'analogie ne me dit pas ; mais elle me dit clairement qu'il est le parfait modèle de notre cheval de puits à roue, aveugle comme lui. Encore le cheval a-t-il deux avantages marqués ; il est orné d'une queue, pour chasser les mouches, et il se repose la nuit. Allez vite mûrir quelque autre sublime découverte. — Avec tout cela, je suis d'une humeur ! Vous verrez que mon char me restera sur les bras ; car je ne suis pas d'avis de m'en défaire pour une épingle.

LE SYLPHE *Utaï vient se poser sur le rebord du char, derrière Petit Poucet, et lui dit :*

Mon bon monsieur Petit Poucet !

PETIT POUCET, *se retournant.*

Ah ! c'est toi, Utaï. Que me veux-tu ?

LE SYLPHE.

Vous êtes là bien empêché à trouver un amateur pour votre marchandise. Je puis vous en indiquer un.

PETIT POUCET.

Serait-ce toi, par hasard, mon gentil Sylphe ?

LE SYLPHE.

Ah ! ah ! ah ! pour un garçon qui a plus de cent ans, vous
avez des idées un peu... jeunes, mon cher petit Monsieur.
Qu'ai-je besoin de char ? N'ai-je pas derrière le dos une
voiture plus économique ?

PETIT POUCET,

Alors, de qui veux-tu parler ?

LE SYLPHE.

Voici le fait. Hier au soir, tandis que je m'amusais à faire
étinceler à coups d'aile, le parfum d'une fleur de la montagne, je vis sur la bruyère quelque chose, je n'ai pas dit quelqu'un, qui ressemblait de certaine façon à un homme, je
n'ose dire que c'en fut un, et qui n'était pas seul. Cette chose
ou ces choses, étaient immobiles, et la plus grande, avec des
yeux presque voilés, regardait fixement au ciel le globe
de Saturne. Bon ! me dis-je ; cela voudra peut-être faire emplette du carrosse de mon ami Petit Poucet, et je gagnerai
moi, un joli courtage. Là-dessus, voilà que je me suis mis
au guet ; j'ai vu les deux choses entrer sous terre, et en sortir
ce matin. Alors, invisible, j'ai volé devant elles en chantant
jusqu'à la ville, et elles m'ont suivi en silence. Eh ! tenez ; les
voilà sur la place. Profitez de mes bons offices ; et n'oubliez
pas ce soir, de faire mettre en dehors d'une des fenêtres du
palais, une petite jatte de lait, où la reine ait trempé le bout
des doigts.

PETIT POUCET.

On y pourvoira, petit friand. Je me méfie un peu de ta
trouvaille. Eh ! bon Dieu ! Tu avais raison. Cela marche, en
effet ; mais cela n'a pas l'air de vivre comme de véritables

personnes. Sont-ce des gnômes? Je suis curieux de le savoir.

> *Pendant ces paroles, l'ETRANGER et son COMPAGNON, arrivés sur la place, se sont appuyés à un groupe de statues en bron-ze. Le plus grand est en vue des assistants ; le plus petit n'est presque jamais entrevu.*

L'ETRANGER, *à son compagnon plus petit.*

Retournons-nous-en; nous n'avons rien à faire ici.

PETIT POUCET.

Holà ! hé ! mes étrangers ; on ne s'en va pas ainsi tout de suite. Restez ! vous n'en serez pas fâchés.

> *(Les étrangers gardent leur position. On fait cercle autour d'eux.)*

PETIT POUCET.

Dis-moi, toi, le plus grand des deux : as-tu une voix? parles-tu?

L'ÉTRANGER.

Comme tout le monde.

PETIT POUCET.

C'est bizarre. — Etes-vous de ce pays ?

L'ÉTRANGER.

Oh ! non ; nous venons de loin.

PETIT POUCET.

Par quel chemin?

L'ETRANGER.

Nous avons marché sous terre.

PETIT POUCET *au Sylphe.*

Absolument comme des fourmis.

LE SYLPHE *à Petit Poucet.*

Veux-tu bien te taire, ignorant. Qui te dit qu'ils n'en sont
pas ?

PIERRE *bas à Paul.*

Remarque, Paul, comme cet être-là est raide et taciturne.
Dirait-on pas qu'il s'éveille, lui aussi, d'un sommeil de cent
ans. Mais notre glorieuse reine s'est levée de son repos,
plus brillante qu'une étoile, et celui-ci est plus triste que la
nuit.

L'ÉTRANGER.

Laissez-nous partir. Vous n'avez que faire de moi, et je
n'ai nul besoin de vous.

LE CHARBONNIER *à Jean.*

Qu'il s'en aille ! qu'il s'en aille ! Il n'est pas si bon à voir,
parbleu !

PETIT POUCET *à l'Etranger.*

Attends encore, et réponds-moi, je t'en prie. J'ai de l'intérêt pour vous. Qui est-ce donc là, qui, léger et diaphane,
te suit pas à pas ?

PAUL *à demi voix.*

M'est avis que c'est son ombre. Ça ne peut être que ça.

L'ÉTRANGER.

Ce n'est pas mon ombre, c'est mon âme.

PETIT POUCET *et le* SYLPHE.

Son âme !

L'ÉTRANGER.

Oui ; il en a été ainsi toujours. Elle me suit ou me pré-
cède, en dehors de moi, et pourtant inséparable. Oh ! viens,
mon âme ; marche, et éclaire-moi ! La lumière qui nous
guide, c'est toi seule qui la portes.

PETIT POUCET.

J'ai à te proposer une emplette, qui peut-être ne vous sera pas déplaisante.

L'ÉTRANGER.

Rien n'est plus insatiable que les désirs de l'homme, et tu as spéculé là dessus. J'ai été homme, moi aussi.

JEAN *au Charbonnier.*

Du diable qui le croira. Je vous dis, maître, que c'est un mort, qui ne vit plus que par son âme.

L'ÉTRANGER *à Jean.*

Qui te dit le contraire ?

JEAN *au Charbonnier.*

Ne m'a-t-il point parlé, maître ? Pour plus de sûreté, mettons-nous un peu loin de lui.

LE CHARBONNIER.

Je n'ai pas peur ; oh ! non ; mais je te suis. C'est par frime, que ce... monsieur parle aux gens, et qu'il se fait comprendre. Tu as vu qu'il ne cache pas son état de revenant.

(Il se perd dans la foule avec Jean.)

PETIT POUCET *montrant le char à l'étranger.*

Regarde : voici un char, qui, je pense, ferait fort bien ton affaire.

L'ÉTRANGER.

Qu'en sais-tu ? Personne ici ne me connaît.

PETIT POUCET.

C'est pour cela même, que je te propose ma voiture. Je t'en ferai bon marché. Es-tu riche ?

L'ÉTRANGER.

Tout ce que j'ai voulu sur la terre, je l'ai payé.

PETIT POUCET.

Eh bien ! avec ceci, tu pourras transporter tes désirs dans les globes de Vénus et de Mars.

L'ÉTRANGER.

Il est trop tard. Dailleurs, si nous n'avons à nous deux qu'une âme, nous avons double cœur. Là, l'image d'un fils est gravée. Là, se noue le lien puissant, qui nous attache à la terre. Tes séductions ne nous tentent point. — Partons, mon âme.

PETIT POUCET, au *Sylphe.*

Mon pauvre lutin, tu t'es trompé. Ce fantôme n'est pas même un amateur distingué,

LE SYLPHE.

Ils ont en eux je ne sais quoi qui m'attriste, en dépit de moi-même. (*A l'étranger.*) O double créature, égarée de ta voie, veux-tu, avant de retourner dans ton antre, que l'on t'apporte à manger ?

L'ÉTRANGER.

Je n'ai plus faim.

PAUL.

Veux-tu que l'on t'apporte à boire?

L'ÉTRANGER.

Je n'ai plus soif.

PIERRE.

Du moins, vous qui n'êtes pas accoutumés au grand air, prenez ce manteau à vous deux. Souffrez qu'il vous abrite.

L'ÉTRANGER.

Je n'ai plus froid. Mais je te sais bon gré de ton offre. Ce manteau est celui d'un brave soldat.

LE CHARBONNIER, *à Jean.*

Ni froid ! ni faim ! ni soif ! Comprends-tu cet individu-là, Jean ? Ça manque des plus nobles qualités humaines. C'est nul. Ça n'existe pas.

PETIT POUCET, *au Sylphe.*

C'était bien la peine de nous amener un amphibie, qui ne peut pas s'apprivoiser !

LE SYLPHE, *à Petit Poucet.*

Tu ne sais pas t'y prendre. Ne l'as-tu pas vu suivre mon chant ? (*A l'étranger.*) Je crois que l'air de cette contrée vous ferait du bien. Les bons y sont heureux. Ici l'on entend les chœurs des fées, et cela vaudrait mieux pour vous, que de rentrer dans votre prison étouffante.

L'ÉTRANGER.

Toute prison volontaire n'est pas une prison. Un jour, nous reviendrons réclamer votre hospitalité, et malheur à celui de nous deux, qui restera en arrière. — Toi, garde ce char, que nulle profane main ne peut conduire. Vous tous, qui n'avez point raillé l'enfant d'un sol étranger, permettez qu'en quittant cette ville, entrevue dans la brume, nous la fassions retentir de notre dernier chant, de notre chant d'espérance !

(L'AME *se montre, et vient se placer à côté de son compagnon.*)

L'ADIEU

L'AME

Dans ce monde de misères,
Qui passe et fuit à nos yeux,
Savez-vous, hommes mes frères,
Un bien vraiment précieux ?

Serait-ce l'or qui rayonne,
Fils du Soleil, et vous donne
Un pouvoir souvent repris?
Il donne même la gloire;
Mais il vous rend l'âme noire ;
L'or enseigne le mépris.

Serait-ce l'herbe opulente
Qui reluit dans les sillons,
Le blé, richesse ondoyante,
Couronne des nations?
Mais le blé, par qui ruisselle
De la terrestre mamelle,
Dans vos cœurs, le lait divin,
Le blé trop souvent fermente
Avec la rosée ardente
Des larmes, amer levain.

Serait-ce le jus de flamme
Sorti du raisin puissant,
Et qui, merveilleux dictame,
Epure et fouette le sang?
Ou bien l'amour, qui fait vivre,
Et prête à qui veut le suivre
Une clef du ciel profond?
Mais l'amour, le raisin sombre
Poussent votre âme dans l'ombre
Sur des vertiges sans fond.

ENSEMBLE.

Frères, le bien, sur la terre,
Le bien suprême et sans pair,
Le bien que jamais n'altère
La main du temps ni le ver;
Ce n'est pas l'or ni la gloire ;
Ni du manger et du boire

La vulgaire volupté;
Ni les rêves où vous plonge
L'amour, ce trop court mensonge;
Frères, c'est la Liberté!

L'ÉTRANGER.

Anathème sur l'impie,
Dont le travail détesté
Te retarde, ou te dévie
Dans la marche, ô Liberté!
Que son œuvre, sur sa base
Tremble, s'effondre et l'écrase!
Qu'il y reste enseveli!
Que meure avec lui sa race!
Que son nom maudit s'efface
Sous les ombres de l'oubli!

Mais celui qui, dès l'aurore,
S'est pris à ta forte main,
Celui qui, le soir encore,
Suit sans peur ton droit chemin;
Celui-là, mère sacrée,
Laisse une empreinte honorée
Parmi son peuple attentif;
Et sa mémoire fidèle,
De la justice éternelle
Ne craint pas l'appel tardif.

Peuples, pour garder ses traces,
S'il le faut, perdez votre or.
Perdez, aux jours des disgrâces,
Le repos, joyeux trésor.
Perdez, sans regret, sans crainte,
Tout, hors la Liberté sainte;
Car, ceux qui portent des fers,
Ont pour tout bonheur sur terre,
La joie ignoble et grossière
Des lâches et des pervers.

14

L'AME.

Dans la cité souterraine
Qui nous prête ses abris,
Peut-être une voix hautaine
Va nous dire avec mépris : —
Qu'allez-vous voir sur la grève
De la triste mer du Rêve?
Que cherchez-vous là, le soir?
Sont-ce des roseaux qui pleurent ?
Des fleurs qui parlent et meurent ?
Mais qu'êtes-vous allés voir ?

Répondons à qui nous raille :
— Ce que nous avons rêvé,
C'était la grande trouvaille,
Le ciel encor introuvé.
C'était ce que l'homme espère ;
C'est un astre enfin prospère,
Qui s'approche à l'Orient.
C'est la Liberté féconde;
C'est elle, l'ange du monde,
Invincible et souriant ;

Elle, que nul bruit n'effraie ;
Qui va, fouillant le terrain ;
Elle, qui brûle l'ivraie,
Et met à part le bon grain ;
La seule qui ne délaisse
Ni pauvreté ni faiblesse ;
Qui donne la force aux droits ;
Qui tarit le flot des guerres,
Et sur des faces vulgaires
Pose la fierté des rois.

L'ÉTRANGER.

Liberté, noble héritage
Pour qui mes pauvres aïeux

Sont tombés avec courage,
Seul bien que j'ai reçu d'eux ;
Toi, qu'ils emportaient voilée,
Quand leur foule éparpillée
Fuyait ses hameaux détruits ;
Toi, mon soutien, toi mon hôte,
Que je suivais tête haute,
Tout dédaigné que je suis !

Toi, reine souvent cachée
Aux regards d'un monde impur,
Tu vins, et tu t'es penchée
Vers moi, qui rampais obscur.
Tu plaignis l'humble sauvage,
Qui, pour s'ouvrir un passage
Jusqu'en ce libre séjour,
S'est fait un chemin sous terre.
Où ton flambeau solitaire
Le guide à défaut du jour.

La gloire, hélas ! je l'ignore.
Le bonheur, oiseau furtif,
Sur mon toit n'a pas encore
Risqué son pied fugitif.
Mais que Dieu daigne m'entendre !
Puissé-je avant de reprendre
Ma froide nuit sans sommeil,
Voir sur ma terre natale
La Liberté triomphale,
Se dresser en plein soleil.

L'AME.

Et quand s'usera le nombre
De nos jours décolorés ;
Quand nos pesants manteaux d'ombre
Retomberont déchirés ;

Quand le pendule de vie
Dans notre veine tarie
Fera silence, et qu'alors,
Par le jeu de la matière,
Va se réduire en poussière
La chaine de notre corps :

Et quand, de notre âme, enfuie
Vers quelque abîme lointain,
Comme une goutte de pluie,
Qui s'évapore au matin,
Il montera dans l'espace
Un double adieu qui s'efface ;
C'est toi toujours, Liberté,
Qui vas, dans ton sein de mère,
Ravir, loin de l'ombre amère,
Notre âme vers la clarté.

L'ÉTRANGER.

Et nous verrons, sous le voile
De l'éternel Univers,
Celui qui meut chaque étoile,
L'Etre immense, un et divers,
A qui l'ordre est nécessaire,
Qui, pour nous, de la misère
N'a pas fait un lot fatal,
Et seul, poursuit en silence
Son œuvre, qui se balance
Entre le bien et le mal.

ENSEMBLE.

Frères, le bien sur la terre,
Le bien suprême et sans pair ;
Le bien que jamais n'altère
La main du temps, ni le ver.
Ce n'est pas l'or, ni la gloire ;

Ni du manger et du boire
La vulgaire volupté ;
Ni les rêves où vous plonge
L'amour, ce trop court mensonge ;
Frères, c'est la Liberté.

www.ingramcontent.com/pod-product-compliance
Lightning Source LLC
Chambersburg PA
CBHW051818020726
47502CB00005B/1522